莫泊桑
中短篇
小说全集

CONTES ET
NOUVELLES DE
GUY DE MAUPASSANT

莫泊桑中短篇小说全集

CONTES ET
NOUVELLES
DE GUY DE
MAUPASSANT

山鹬的故事
Contes de la Bécasse

人民文学出版社
PEOPLE'S LITERATURE PUBLISHING HOUSE

〔法〕莫泊桑 ◆ 著　　张英伦 ◆ 译

Guy de Maupassant
CONTES ET NOUVELLES DE GUY DE MAUPASSANT

图书在版编目（CIP）数据

山鹬的故事／（法）莫泊桑著；张英伦译. -- 北京：人民文学出版社，2025. -- （莫泊桑中短篇小说全集）.
ISBN 978-7-02-019052-2

Ⅰ. I565.44

中国国家版本馆 CIP 数据核字第 20242K6Z55 号

吉·德·莫泊桑
Guy de Maupassant
1850—1893

译者摄于法国诺曼底拉芒什海峡岸边悬崖上

张英伦

作家、法国文学翻译家和研究学者、中国作家协会会员、旅法学者。

◆ 一九六二年北京大学西语系法国语言文学专业本科毕业。一九六五年中国社科院外国文学研究所研究生毕业。曾任中国社科院外国文学研究所研究生导师、外国文学函授中心校长、中国法国文学研究会常务副会长、法国国家科学研究中心研究员。

◆ 著作有《法国文学史》(合著)、《雨果传》、《大仲马传》、《莫泊桑传》、《敬隐渔传》等。译作有《茶花女》(剧本)、《梅塘夜话》、《莫泊桑中短篇小说选》、莫泊桑中短篇小说分类五卷集、《奥利沃山》等。主编有《外国名作家传》、《外国名作家大词典》、"外国中篇小说丛刊"等。

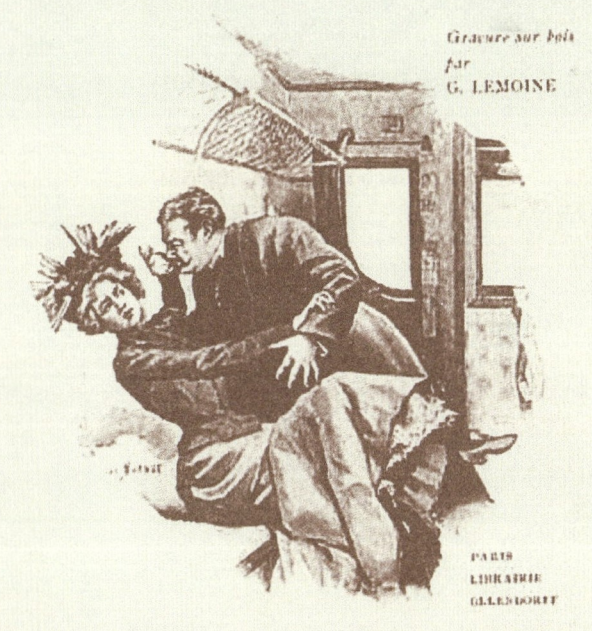

保尔 · 奥朗道尔夫插图本《山鹬的故事》卷封面

Contes de la Bécasse

Par Guy de Maupassant

Librairie Paul Ollendorff (1901)

Illustrations de Lucien Barbut

Gravées sur bois par Georges Lemoine

本书根据法国保尔·奥朗道尔夫出版社出版的
插图本莫泊桑全集《山鹬的故事》卷（1901）翻译

插图画家：吕西安·巴尔毕
插图木刻家：乔治·勒姆瓦纳

好者。

我译的这卷《山鹬的故事》共有小说二十篇,前面十七篇是奥版插图本的完整再现,最后三篇选自奥版未收的篇目。

《山鹬》是小说集《山鹬的故事》的序篇。两腿瘫痪的男爵每次宴请时都让一位客人讲一个故事,从而赋予这部小说集近乎《十日谈》的形式。由于讲故事的人都是猎人,它又令人联想到屠格涅夫描写猎人狩猎活动的随笔集《猎人笔记》。屠格涅夫是福楼拜的挚友,青年莫泊桑拜访导师福楼拜时,就结识和欣赏这位俄国文豪。

不过,莫泊桑的这部小说集和具有反奴隶制倾向的丰富社会内涵的《猎人笔记》大异其趣。它于一八八三年六月九日上市,莫泊桑在亲笔撰写的分赠给包括屠格涅夫在内的有关人士、报社、新闻机构的插页中写道:"作者的这部新作特别不同于他以前的短篇小说集《泰利埃公馆》和长篇小说《一生》之处,是它的欢快、有趣的嘲弄。《莫兰这猪》和《羊脂球》可以并驾齐驱,占据首要地位而无愧。接着的几篇小说提供了作家擅长挪揄讥嘲的良好情趣的样品。只有两三篇为整体带上悲剧的色彩。"

《莫兰这猪》《诺曼底人的恶作剧》《木屐》《一个诺曼底人》《公鸡报晓》就属于作家所说的"欢快有趣的嘲弄"的"样品"。在他认为堪与《羊脂球》媲美的《莫兰这猪》中,"我"在情场上得了便宜还卖乖,让人在不齿之余忍俊不能。其他各篇也都在"揶揄讥嘲"法国人的风流自任,作家的"良好情趣"流溢纸上。我们从中可以领略到《帕特兰笑剧》以来的法国中世纪文学、《十日谈》以来的意大利文艺复兴文学的影响;高卢后人莫泊桑以其幽默风趣的笔墨,在他的短篇小说中大胆地重兴了这久违的传统。

为这部小说集增添"悲剧的色彩"的作品至少有《疯女人》《修软垫椅的女人》《在海上》《遗嘱》《一个儿子》《在乡下》等六篇之多,而且每篇均可称佳作。被敌军抛弃荒野的病人,被阔少背弃的卑微痴情女,为了金钱而罔顾亲情的世态,被侮辱和损害的弱女子的绝地报复,放荡不羁给后代种下的恶果……莫泊桑作为社会风俗画家的才能得到令人信服的发挥,尤其引人共鸣的是这些作品字里行间透露的正义感。

《小步舞》在莫泊桑的中短篇小说中别具特色。法科大学生"我"叙述他在巴黎卢森堡公园的一桩奇遇。毋宁说

"我"就是作家本人，因为莫泊桑就曾在和这座公园近在咫尺的巴黎大学法学院读书。可以说，这是他的一篇感同身受的倾心之作。早年曾在舞台上光彩一时的一对老舞者，在公园的一个冷僻角落里为他展示舞姿，无奈时光流逝，风华不再。这小人物看似荒唐的小故事，却是关于人生的哲理性的大思考。

张英伦

二〇二二年二月二十八日

目 录

山鹬	001
莫兰这猪	007
疯女人	031
皮埃罗	039
小步舞	053
恐惧	065
诺曼底人的恶作剧	079
木屐	091
修软垫椅的女人	105
在海上	121
一个诺曼底人	135
遗嘱	151
在乡下	163
公鸡报晓	177
一个儿子	189

圣安东尼	209
瓦尔特·施纳夫斯的奇遇	227
舆论	243
残留者	257
一次突然袭击	269

山鹬*

* 本篇首次发表于一八八二年十二月五日的《高卢人报》；一八八三年首次收入鲁维尔和布隆出版社出版的莫泊桑小说集《山鹬的故事》。

年迈的德·拉沃男爵在长达四十年的时间里一直被誉为他那个省的猎人之王。不过，近五六年来，他的两条腿瘫痪了，把他钉在轮椅里，他只能从自己客厅的窗口或者在门前的大台阶上打鸽子了。

余下的时间，他就看书。

这是个待人接物和蔼可亲的人，身上还保留着许多上个世纪的文化精神。他酷爱听人讲故事，那些轻佻的小故事，也喜爱听人讲周围发生的真事。有朋友走进他的家门，他总要问：

"喂，没有什么新鲜事吗？"

他就像预审法官似的善于盘问。

出太阳的日子，他常让人把他的像床那么宽大的轮椅推到门前。一个仆人在他身后拿着猎枪，装好子弹，递给主人；

另一个仆人躲在一个花坛后面，时不时地撒出一只鸽子，间隔的时间不等，不跟男爵打招呼，他得始终保持警惕。

于是，从早上到晚上，他都在打那些很快就飞掉的鸟儿，如果不留神没有打中，他就心情沮丧；如果鸟儿垂直坠落下来或者翻个意想不到的滑稽的筋斗，他会笑出眼泪，快活得透不过气来，转过身问装子弹的小伙子：

"这一个，打下来了。你看见它是怎么掉下来的吗，约瑟夫？"

约瑟夫总是一成不变地回答：

"噢！男爵先生是不会打不中的。"

秋天，打猎的时候，他像从前一样，把朋友们都邀请来；他喜欢听远远响起的枪声。他数着枪响，枪声急促的时候他就会兴奋不已。晚上，他还要人家把白天的经历一五一十地讲给他听。

客人们会在饭桌上把开每一枪的经过从头道来，一连说上三个钟头。

讲的都是些离奇古怪、难以置信的奇遇，猎人自吹自擂的喜好都得到尽兴的满足。有几个故事具有划时代的意义，隔一段时间就会重讲一遍。矮个子德·布利尔子爵居然在门

厅里没有打中一只兔子的故事,每年都让他们同样地捧腹大笑。每五分钟就会有一个客人侃侃而谈:

"我听见:扑棱棱!扑棱棱!一大群鸟儿在离我十步远的地方飞起来。我瞄准了:噼!啪!就看见像下雨、下倾盆大雨一样,从天上落下来。一共七只。"

在座的人都很吃惊,但他们彼此都深信不疑,听得欣喜若狂。

而且在男爵府上还有一个老习俗,叫作"山鹬的故事"。

在山鹬这野味之王经过的季节,每次晚餐时都会重新上演这同样的仪式。

由于他们酷爱这种味美无比的鸟儿,每天晚上每个客人都能吃上一只;不过,人们总要特意把所有的鸟脑袋都留在一个盘子里。

这时,男爵就像一个主教主持祭礼一样,让人用盘子端来一点油脂,然后捏着细细的长喙的尖儿,在这些珍贵的脑袋上仔细地涂满油脂。一支点亮的蜡烛放在他旁边,大家都一声不吭,焦急地等待着。

接着,他抓起一只这样准备好的脑袋,把它固定在一个大头针上,再把大头针刺进一个木塞,用像平衡棒一样交叉起来的小木棍维持整体的平衡，最后把这个装置细心地插在一个瓶颈上，做成一个转盘。

客人们齐声响亮地数着：

"一——，二——，三——。"

男爵用手指头一拨，这个玩具便迅速地旋转起来。

转盘停下时长长的尖喙指向的那个人，就变成所有这些脑袋的主人，而旁边的客人看着他独享这上好的佳肴，只有眼红的份儿。

他一个接一个地拿起这些脑袋，在蜡烛上烤。油脂噼噼啪啪响，烤黄的皮在冒烟，这个有幸被选中的人拿着鸟喙，嚼着涂了油脂的脑袋，发出快乐的叫喊。

每一次参加晚宴的人都会举起酒杯，为他的健康干杯。

不过，吃完最后一个鸟脑袋，遵照男爵的命令，这个人必须讲一个故事，补偿那些被剥夺了权利的人的损失。

下面就是这些故事中的几则。

莫兰这猪[*]

＊ 本篇首次发表于一八八二年十一月二十一日的《吉尔·布拉斯报》，作者署名"莫弗里涅斯"；一八八三年首次收入鲁维尔和布隆出版社出版的莫泊桑小说集《山鹬的故事》。

献给乌迪诺先生①

1

"等一等！我的朋友，"我对拉巴尔波说，"你刚才又跟我提到'莫兰这猪'四个字。见鬼！为什么我听人谈起莫兰总说他是'猪'呢？"

拉巴尔波如今已经是国民议会议员，他瞪着猫头鹰一般的大眼睛望着我说："怎么，亏你还是拉罗谢尔②人，居然不知道莫兰的故事？"

① 乌迪诺先生：此处应是指莫泊桑好友卡米耶·乌迪诺（1860—1931）的父亲欧仁·乌迪诺（1827—1889），他是玻璃彩画家，巴黎的圣女克洛蒂尔德教堂和圣奥古斯丁教堂的彩画玻璃窗即为其作品。
② 拉罗谢尔：法国西海岸濒临大西洋的海港城市，今诺曼底大区滨海夏朗特省省会。

我承认不知道莫兰的故事。拉巴尔波于是就搓着手,跟我讲起莫兰的趣事来。

"你认识莫兰,对不对;你记得他在拉罗谢尔滨河街开的那家很大的服饰用品店吧?"

"记得,当然啰。"

"那好。是这么回事——"

一八六二年,也许是一八六三年,因为一时高兴,或者说为了寻欢作乐,莫兰去巴黎过了半个月,不过借口是进货。你知道对一个外省商人来说,在巴黎待半个月是怎么回事。那简直就是给你血里加火。每天晚上看演出,跟女人磨来蹭去,精神处在持续兴奋的状态,好人也变疯了。满眼看到的尽是穿着紧身衣的舞女,袒胸露背的女演员,圆圆的大腿,肥肥的肩膀;这一切几乎都唾手可得,但却不敢碰也碰不得。能偶尔尝上一两顿下等菜,就算有能耐。等离开的时候,还如醉如痴,心动神摇,嘴唇痒痒的,只想接吻。

莫兰这时就处在这种状态。他买好了晚上八点四十分回拉罗谢尔的快车票,正恋恋不舍、怅然若失地在奥尔良铁路的车站公共大厅里踱步，突然在一个年轻女子面前停住。那女子已经把短面纱撩了起来，正在跟一位老妇人拥吻告别。他不胜惊羡，暗暗自语："天呀！好一个美人儿！"

那年轻女子跟老妇人告别以后，就进了候车大厅，莫兰跟着她；接着，她到了月台，莫兰跟着她；后来，她上了一节空着的车厢，莫兰仍然跟着她。

乘快车的旅客很少。机车鸣响汽笛，列车开动了。这节车厢里只有他们两个人。

莫兰盯着她贪婪地看着。她看上去十九到二十岁模样，金黄色头发，身材修长，举止优雅。她用一条旅行毛毯把两条腿严严实实地裹起来，便在长椅上躺下睡觉。

莫兰心里揣摩着:"这是个什么人呢?"无数的假设,无数的计划,闪过他的脑海。他对自己说:"听人说铁路上有那么多的艳遇。也许此刻就有一桩正临到我头上。谁知道呢? 好运来得真快。也许只要我拿出勇气来就行了。

似乎是丹东①说过:'勇敢,勇敢,再勇敢。'如果不是丹东说的,那就是米拉波②。总之,这不重要。是的。不过问题在于:我缺乏

---

① 丹东:全名乔治·雅克·丹东(1759—1794):十八世纪法国资产阶级革命时期的活动家。文中所引的这句话实为丹东的名言,全句是:"我们必须勇敢,勇敢,再勇敢,法兰西就得救了。"
② 米拉波:全名奥诺雷-加布里埃尔-里克提·德·米拉波(1749—1791),法国作家、演说家、社会活动家,十八世纪法国资产阶级革命时期立宪派领袖之一,著有政论作品《论专制主义》《政治书简》等。

勇气。唉！要是能够了解、能够看透人的心灵该多好！我敢打赌,人们每天都可能在不知不觉中和一些极好的机会擦肩而过。其实,她只要做个小小的表示,就能让我明白她巴不得……"

于是,他设想出一套能够让他出师必胜的办法:首先要有一个充满骑士精神的开头;继而对她献些小殷勤;接着做一番精彩而又多情的谈话;最后是表白爱情;表白到最后是……是什么,就由你去想吧。

可是让莫兰一直苦恼的,就是不知道怎样开头,就是找不到借口。他心急似火,意乱如麻,等候着能有一个好机会。

黑夜在流逝,美丽的女孩一直在睡觉,而莫兰仍在苦思冥想着怎样攻陷她。天亮了;不久,太阳就把它的第一抹亮光,那来自地平线的长而又明亮的光线,投在睡觉女孩的柔美的脸上。

她醒了,坐起来,看看田野,看着莫兰,微微一笑。那是一个幸福女人的微笑,带着动人的和愉悦的神情。莫兰打了个哆嗦。毫无疑问,这个微笑是冲着他的,这显然是个含蓄的邀请,是他一直等待着的梦想的信号。

这微笑是说："您难道是个笨蛋,是个白痴,是个傻子,从昨天晚上起就这么待在那儿,像一根木头桩似的,待在座位上。"

"喂,您倒看看我呀,难道我不迷人?您就这么一动不动,跟一个漂亮女人单独过了整整一夜,却什么也不敢做,真是个大傻瓜。"

她仍然看着他,微笑着;她甚至笑出声来。他不知所措,想找一句合适的话,一句恭维话,总之,找点儿什么话说,不管什么话都行。但是他什么话也找不到,一点也找不到。这时,他就像个懦夫突然来了一股蛮勇,心想:"管他去呢,我豁出去了";他连个招呼也不打,就出其不意地冲上去,张着两手,噘着贪婪的嘴唇,紧紧地搂住她就吻。

她一下子跳了起来,大喊:"救命呀!"一边发出惊恐的呐喊。然后她就打开车门,把两条胳膊伸到外面挥动;她吓坏了,试图跳车。而慌乱的莫兰以为她真会扑到铁路上去,就抓着她的裙子拖住她,结结巴巴地说:"太太……啊!……太太。"

列车减缓了速度,停下来。两个铁路职员向发出求救信号的年轻女子跑过来。她倒在他们怀里,上气不接下气地说:"这个人刚才要……要……我……我……"接着就昏迷了过去。

车停在莫泽①车站。值班的宪兵带走了莫兰。

他的莽撞行为的受害者苏醒过来的时候,报了案。警方作了笔录。可怜的服饰用品店老板傍晚才回到家。他因为在公共场所犯下有伤风化罪将受到司法追究。

2

我那时在《夏朗特②明灯报》当主编,每天晚上都在商务咖啡馆见到莫兰。

他不知道该怎么办,出事的第二天就来找我。我并不向他隐瞒我的意见:"你就是个猪。做人可不能这么干。"

---

① 莫泽:法国市镇,在普瓦蒂埃至拉罗谢尔的铁路线上,距拉罗谢尔四十公里左右。
② 夏朗特:现今的法国新阿基坦大区有一个夏朗特省和一个滨海夏朗特省。莫泊桑这里的"夏朗特"法文用的是复数Charentes,应该是涵盖这两个地区。《夏朗特明灯报》历史上并不存在。

他哭了；他老婆揍了他；他眼看着自己的生意砸了，名声扫地，脸丢尽了；他的朋友们很气愤，见了面也不再理他。他终于引起了我的怜悯；我把我的合作伙伴里维找来，想听听他的意见。别看里维个儿小，爱开玩笑，好主意可不少。

里维建议我去见帝国①检察官，他是我的朋友。我让莫兰先回去，而我就去找这位司法官员。

我打听到，那个被侮辱的年轻姑娘，是昂丽埃特·波奈尔小姐，刚在巴黎获得小学教师证书；她父母双亡，这次是到舅父母家去度假；舅父母是莫泽的正派的小有产者。

让莫兰的情况变得更严重的是，那女孩的舅父已经提出了控告。如果人家撤诉，检察官可以同意不再追究。这就是现在要争取的事。

我接着又去找莫兰。我发现他躺在床上。因为着急和忧虑，他病倒了。他的妻子，一个骨骼粗大、长着胡楂的高个子女人，在不停地辱骂他。她把我领进他的卧

---

① 帝国：此处指法兰西第二帝国（1852—1870）。

室时，还冲着我的脸大嚷："您是来看莫兰这猪的吧？瞧，这个坏蛋，他就在那儿！"

然后，她就两手叉着腰，杵在床前。我说明了情况；他就求我去找那一家人。这个任务很棘手，不过我还是答应了。这可怜的家伙不断地重复着："我向你发誓，我甚至都没有吻到她，没有，真的没有。我向你发誓！"

我回答："那也一样，反正你就是个猪。"他交给我一千法郎，让我酌情使用。

不过我可不愿独自一人闯到那个姑娘的亲戚家去，于是求里维给我做伴。他答应了，条件是立刻动身，因为他第二天下午在拉罗谢尔有一件急事得办。

两个小时以后，我们已经拉响了一座漂亮的乡间住宅的门铃。一个美丽的姑娘来给我们开门。肯定就是她了。我低声对里维说："天呀！我开始能理解莫兰了。"

她的舅父托纳莱先生恰巧是《明灯报》的订户，是个在政治上跟我们志同道合的狂热分子。他张开双臂欢迎我们，称赞我们，祝贺我们，和我们紧紧握手；他喜爱的这份报纸的两位编辑到他家来，这让他兴奋万分。里维在我耳边低声说："我看我们能调解好莫兰这猪的事。"

等外甥女走开了，我便提起那个棘手的问题。我挥舞起丑闻的幽灵；我指出，这种事如果张扬出去，姑娘的名誉将不可避免地受到损害，因为世人绝不会相信仅仅是吻了一下。

这个天真的人似乎有些犹豫了；但是妻子不在家，他什么决定也不能做，而他妻子当晚要很晚才能回来。突然，他爆发出胜利的呼声："瞧呀，我有了一个好主意。我不让你们走，我要把你们留下。你们二位就留在这儿吃晚饭，睡觉；希望等我妻子回来以后，我们能谈得妥。"

里维起初表示反对；但是他也很想帮莫兰这猪摆脱困境，便下了决心。于是我们接受了邀请。

舅父顿时喜形于色，站起来，把外甥女叫来，提议一起去他家的园子里散散步，一面表示："严肃的事咱们今晚再说。"

里维和他谈论起政治来。而我呢，不久就落在他们后面几步，跟那个姑娘一块儿走。她很迷人，真的很迷人！

我十分委婉地开始跟她谈她遇到的那件事，力图给自己找一个同盟者。

但是她看来丝毫不感到难为情；她听我说话的时候，那表情倒像是觉得很好玩。

我对她说："您不妨想一想，小姐，这会带来各种各样的烦恼：您必须出庭做证，面对恶意的目光，在大庭广众面前说话，公开讲述车厢里发生的那不愉快的一幕。喂，咱们说句悄悄话，您当时要是什么也不说，也不叫铁路上的人，只是让那个下流坏规矩些，然后干脆换个车厢，岂不是更好？"

她笑了起来，"您说得很对！可是我能怎样呢？我当时很害怕；人害怕的时候，就顾不上前思后想了。等我明白了是怎么回事，我也很后悔，不该叫喊，可是已经太晚了。您也想想，那个蠢货发了狂似的向我扑过来，一句话也不说，脸上的表情像个疯子。我甚至不知道他要干什么。"

她冲着我的脸，直视着我，既不局促，也不慌乱。我心想："这个女孩，够泼辣的。我明白莫兰这猪是搞错了对象。"

我接着开玩笑似的说："瞧，小姐，你应该承认他是情有可原的，因为面对您这样一个美人儿，谁都不能不产生要吻您的绝对合情合理的欲望。"

她笑得更厉害了,满口牙齿都露了出来:"在欲望和行动之间,先生,还应该有尊重的位置呀。"

这句话很有趣,虽然它的意思并不很清楚。我突然问她:"那么,如果我吻您,我,现在吻您,您会怎么做?"

她停下来,从上到下地打量我,然后不动声色地说:"啊!您,那就不是一回事了。"

自然啰,我也知道那就不是一回事了,因为在全省人们都叫我"美男子拉巴尔波"。而且我只有三十岁。不过,我还是问:"这又为什么?"

她耸了耸肩膀,回答:"因为您不像他那样愚蠢。"然后,她偷偷瞟了我一眼,接着说,"也不那么丑。"

趁她还没来得及躲闪,我在她脸蛋儿上狠狠吻了一下。她向旁边一跳,但已经晚了。她说:"好么,您也一样,不知道害臊。可别再玩这个把戏了。"

我做出一副谦卑的样子,故意压低了声音说:"啊!小姐,我可不一样,如果说我心里有一件渴望的事,那就是以和莫兰同样的罪名被送上法庭。"

现在轮到她问了:"这又为什么?"我神情严肃地紧

盯着她:"因为您是世上最美丽的女人中的一个;因为曾经企图强暴您,这对我来说简直就是一个证书,一个头衔,一个光荣;因为当人们见到您,会说:'瞧,拉巴尔波虽然罪有应得,但他总算很幸运。'"

她又十分开心地笑起来。

"您真怪!"她"怪"字还没说完,我已经把她紧紧搂在怀里,贪婪地吻她,能找到哪儿就吻哪儿,吻她的头发,吻她的额头,吻她的眼睛,有时还吻她的嘴,吻她的脸蛋,吻遍了她的脸和头。她没办法,顾了这个地方,露了那个地方。

她终于挣脱了身,满脸通红,像受了伤害似的:"您真粗野,先生,我很后悔,不该听您说话。"

我拉住她的手,有点难为情,结结巴巴地说:"对不起,对不起,小姐,我让您受到伤害了;我太莽撞了!请别生我的气! 您知道吗?……"我在找一个理由,可是找不到。

她等了一会儿,说:"我什么也不要知道,先生。"

不过我找到了;我大声说:"小姐,我爱您已经一年了!"

她真的吃了一惊，抬起眼来。我接着说："是的，小姐，请听我说。我不认识莫兰，他的事我才不在乎呢。他进监狱，上法庭，其实跟我关系不大。我去年就在这儿见过您，您当时站在栅栏门那儿。远远地看见您，我内心深受震动，您的形象就再也没有离开过我。不管您信不信我的话，关系都不大。我觉得您可爱；您让我朝思暮想；我希望再见到您；我就抓住莫兰这猪的事作借口；我就到了这儿。此时此地的情景让我超出了限度；请原谅我，我求您啦，原谅我吧。"

她窥测着我的眼神，想知道我说的是不是真话，眼看又要笑起来，低低说了声："真会开玩笑！"

我举起手，用真诚的语气（我甚至认为我当时的确是真心诚意）说："我向您发誓，我没有说谎。"

她只简单地说了句："得了吧！"

只有我们俩单独在一起；小径曲曲折折，里维和她的舅父已经走得看不见了。我紧握着她的手，吻着她的手指头，向她做了一番真正的爱情表白，说得又长又温柔。她听着，感到愉快而又新鲜，可又不大清楚该不该相信。

因为一心想着我说的话,我最后连自己都感到神魂颠倒了;我脸色煞白,透不过气来,颤颤巍巍,轻轻地搂住她的腰。

我凑近她耳边卷曲的细发娓娓低语。她仿佛死去了似的,完全沉浸在梦想中。

后来,她的手遇到了我的手,便抓住不放;我用颤抖的胳膊慢慢地、越来越紧地搂住她的腰;她再也不动了;我用嘴轻轻擦着她的面颊;突然,我的嘴唇,尽管并没有刻意去找,却碰到了她的嘴唇。那是一个漫长、漫长的吻,如果不是我听见身后几步远的地方传来"嗯""嗯"的声音,恐怕还会更长。

她穿过一个树丛逃走了。这时我看见里维正在找我。

他站在路中间,板着脸:"好哇!你就是这样在调解莫兰这猪的事?"

我自鸣得意地回答:"各尽其能嘛,亲爱的。她的舅父呢?你的收获如何?我么,外甥女由我负责。"

里维说:"我跟舅父在一起可没有这么快活。"

我挽起他的胳膊,回屋去了。

3

晚餐终于让我失去了理智。我坐在她旁边，我的手在桌布下不断地碰到她的手；我的脚压着她的脚；我们的目光经常交织，难舍难分。

饭后大家在月光下溜达了一会儿，我轻声地往她心里灌满从我心里涌上来的各种甜言蜜语。我紧紧搂着她，频频地吻她，在她的嘴唇上湿润我的嘴唇。她的舅父和里维走在我们前面，一直在侃侃而谈。他们的身影在铺着沙子的路面上隆重地跟着他们。

我们散步回来，不久，电报局的人就送来舅母打来的电报，

说她第二天早上才能回来,七点钟,乘第一班火车。

她的舅父说:"那么,昂丽埃特,你带这些先生去看看他们的卧室。"我们和老先生握过手,就上楼去。她先领我们看了里维的套房。他在我的耳边悄悄说:"放心,她绝不会领我们先去你的住处。"然后她就带我去我睡的地方。只有她一个人跟我在一起了,我就又把她搂在怀里,企图让她的头脑也发狂,停止抵抗。可是,当她感到自己马上就要把持不住的时候,她便逃跑了。

我钻进被窝,很不爽,很烦躁,也很羞惭,知道自己反正也睡不着,我就寻思自己是不是什么地方干得笨拙。就在这时,有人在轻轻敲我的门。

我问:"谁呀?"

一个很轻的声音回答:"是我。"

我急忙穿上衣服,打开门,她走了进来。"我忘了问您,"她说,"您早上喝什么:巧克力、茶,还是咖啡?"

我冲动地拦腰抱住她,像要吞了她似的对她百般爱抚,一边结结巴巴地说:"我喝……我喝……我喝……"但是她从我的怀抱里滑了出去,吹灭了我的蜡烛,就不见了。

我一个人待在黑暗中，恼火极了。我找火柴，也找不到。我最后终于找到了，于是端着烛台，走出房门，来到走廊上。这时我几乎要疯了。

我要干什么呢？我已经失去理智；我想找到她；我要她。我走了几步，什么也没有考虑。接着，我突然想道："如果我进了她舅父的卧室怎么办？我说什么呢？……"我站住一动不动了，脑子里空空的，心怦怦跳。过了好几秒钟，我的主意来了："见鬼！我就对他说我在找里维的房间，要跟他谈一件紧急的事。"

我开始查看每一扇门，力图找出她的那一扇。可是我什么线索也没有。我随便抓住一扇门的把手，转了一下。我推开门，走进去……昂丽埃特坐在床上，惊愕地看着我。

我于是轻轻地闩上门，踮着脚尖走过去，对她说："小姐，我忘了跟您要一本什么东西看看。"她抵抗；但是我很快就打开了我要找的那本书。我就不说出书名了。那真是一部最精彩的小说，一首最奇妙的诗篇。

一旦翻开第一页，她就让我尽兴地看下去了；我翻阅了那么多章节，直到我们的蜡烛都点完。

然后，我对她道了谢，又蹑手蹑脚地往自己的房间走。这时一只粗暴的手拦住了我，一个声音，里维的声音，冲着我的鼻子低声说："这么说，你还没有调解完莫兰这猪的事？"

刚早晨七点钟，她就亲自给我端来一杯巧克力。我从来也没喝过这样的巧克力。那是一杯令人销魂的巧克力，甜美、可口、香喷喷，令人陶醉。我简直没法让我的嘴离开味美无穷的杯子边儿。

年轻姑娘刚出去，里维就走进来。他好像有些烦躁，就像一夜没睡好觉似的不痛快；他恼火地对我说："你要是再继续这么干，你知道，你非把莫兰这猪的事搞砸了不可。"

八点钟，舅母到家了。商榷只用了很短的时间。这些老实人答应撤诉，而我留下五百法郎给当地的穷苦人。

这时，他们想挽留我们再待上一个白天。他们甚至还打算安排一次游览，去参观一些古迹。昂丽埃特在她舅父舅母的身后直向我点头示意："好，就留下吧。"我接受了，但是里维死活要走。

我把他拉到一边，我请求他，我央求他，我对他说：

"喂，我的好里维，为了我，你就留下吧。"但是他好像已忍无可忍，冲着我的脸连声说："你听着，莫兰这猪的事，我受够了。"

我万般无奈，也只好一起走。这是我一生中最难过的时刻之一。我恨不得能用一辈子的时间来调解这件事。

在默默无言但是用力地握手道别以后，我们到了车厢里，我对里维说："你真不通人情。"他回答："我的老弟，你开始让我厌烦透顶。"

到了《明灯报》的编辑部，我远远就看见一群人在等着我们……一看见我们，他们就大喊大叫："喂，你们把莫兰这猪的事调解好了吗？"

整个拉罗谢尔都为之兴奋。里维的坏情绪在路上就已经烟消云散，他好不容易才忍住不笑，宣布道："是的，多亏拉巴尔波，

成功啦。"

然后我们就去莫兰家。

他仰在一张扶手椅上，腿上糊着芥子泥，脑门上敷着冷水毛巾，已经愁得要垮了。他不停地咳嗽着，就是临终人那种微弱的干咳，也弄不清他这次感冒是怎么得的。他老婆瞪着老虎般的大眼看着他，仿佛要把他吞下去。

他一看见我们，紧张得手和膝盖都哆嗦起来。我说："谈好了，下流坯，不过别再这么干了。"

他站起来，激动得说不出话来，紧握住我的手，吻它们，就像吻一个王子的手似的，哭得几乎晕了过去。他拥抱里维，甚至拥抱起莫兰太太来。她一把把他推倒在他的扶手椅上。

但是他始终没有从这次打击中恢复过来。他情绪上受到的刺激实在太剧烈了。

本地人从此都只管他叫"莫兰这猪"。每次他听见人们这样称呼他，就像一把利剑刺得他心痛。

走在街上，有个二流子喊了声"猪"，他会本能地回过头去。他的朋友们也总是跟他开那些可怕的玩笑，每当他们吃火腿的时候,就问他:"是不是你的腿呀?"

两年以后他就死了。

我呢,一八七五年参加竞选议员的时候,我去图塞尔,对当地新来的公证人贝隆克尔先生做了一次与竞选有关的访问。一位身材高而丰满的美貌女子迎接我。

"您不认识我了?"她说。

我结结巴巴地说:"的确……认不出了……太太。"

"昂丽埃特·波奈尔。"

"啊!……"我感到自己的脸立刻变得煞白。

她看上去却泰然自若,还微笑地看着我。

她刚走开,只剩下我和她丈夫,他就紧紧抓住我的手,几乎要把我的手捻碎了:"亲爱的先生,我早就想去看看您。我妻子跟我谈过您无数次。我知道……是的,我知道您是在她多么痛苦的情况下认识她的,我还知道您表现得好极了,十分体贴,十分巧妙,十分尽心……调解了……"他迟疑了片刻,接着,就好像要爆出一句粗话似的,低声说,"……调解了莫兰这猪的事。"

疯女人*

＊ 本篇首次发表于一八八二年十二月五日的《高卢人报》；一八八三年首次收入鲁维尔和布隆出版社出版的莫泊桑小说集《山鹬的故事》。

献给罗贝尔·德·博尼埃尔①

马蒂厄·德·昂多兰说：

瞧呀，山鹬让我回想起一件战争②时期的悲惨的往事。

你们都去过我在科尔梅依的庄园。普鲁士人来的时候，我正住在那里。

我那时有个邻居是个疯女人，因为遭受过一件很不幸的事的打击，神经错乱了。从前，二十五岁的时候，在一个月的短短时间里，她失去了父亲、丈夫和她的刚出生的孩子。

死神一旦闯进了一个家庭，几乎总是立刻又再次到来，

---

① 罗贝尔·德·博尼埃尔（1850—1905）：《费加罗报》《高卢人报》和《吉尔·布拉斯报》专栏作家。莫泊桑也常为这几家报纸撰稿。博尼埃尔还以其位于维拉尔街的文学沙龙著名，该沙龙聚集了勒南、泰纳、勒孔特·德·里尔等名家。
② 战争：指一八七〇年至一八七一年的普法战争。

就好像认识了这家的门似的。

可怜的少妇在连连横祸的打击下卧床不起,整整说了六个星期的胡话。猛烈的发作之后,她精疲力竭了,沉静下来,一动不动,几乎什么也不吃,只能动换动换眼睛。每次让她起来,她就大呼小号,像人家要杀了她似的。人们只好让她一直躺着,只有替她擦擦身子、翻翻垫褥的时候,才把她从床上拉起来。

一个年老的女佣陪着她,不时地给她喝点水,吃点冷牛肉。在这绝望的心灵里究竟发生着什么?谁也不知道;因为她不再言语。她在想着死去的亲人?她在伤怀地梦幻连连,而没有确切的记忆?或者她已经泯灭的思想就像一潭死水一样静止不动了?

十五年来,她就这样困在病床上,不死不活。

战争来了;十二月初,普鲁士人就长驱直入到了科尔梅依。

我还记得那情景,犹如发生在昨天。天寒地冻;我因为患了痛风病,坐在一把扶手椅里,动弹不得,忽然听见有节奏的沉重的脚步声。透过窗户,我看到他们走过。

队伍走个没完没了,整齐划一,迈着他们特有的提线木偶似的步伐。然后,长官把手下的人分配到居民家去住。我分到十七个。邻居,那个疯女人,分到十二个,其中有一个指挥官,是个老兵痞,又粗野,又狂暴。

最初的几天,一切正常。已经事先告诉这位住在旁边的军官,太太是个病人;他也没怎么在意。但是总看不见这个女人,他终于恼火了,他追问她得的是什么病;人们回答说,他的女房东因为忧伤过度,已经沉睡了十五年。他显然不相信,以为这精神失常的可怜女人是由于傲慢无礼,不愿意见普鲁士人,不愿意跟他们说话,不愿意接近他们,才赖着不下床。

他一定要她来接待他;人们就让他进到她的卧室。他语气粗鲁地说:

"太太,我秦(请)您起来,下搂(楼)去,让大家砍砍(看看)您。"

她把茫然而空虚的眼睛,转向他,一言不答。

他又说:

"我不会允续(许)无利(礼)。如过(果)您不自远(愿)起来,我会有板(办)法让您一个人散散补(步)。"

她还是毫无反应,一动不动,就像没看见他。

他火了,把她平静的沉默当作最大的轻蔑,接着说:

"如过(果)您敏(明)天不下搂(楼)……"

没说完，他就走出去。

第二天，老女佣胆战心惊地要给她穿衣服，但是疯女人一边挣扎一边大叫起来。军官很快就上楼来；女用人跪在他面前，央求道：

"她不愿意，先生，她不愿意，求您原谅她吧，她太不幸了。"

军官犹豫不定。他很生气，但又不想下令让他的人把她从床上拉起来。不过，他突然笑了起来，用德语发了一些命令。

不久，就看到一个小分队的士兵，像抬伤员一样，抬着一个床垫出来。他们把她连人带被褥一起放在上面；疯女人仍然沉默无言，纹丝不动，怎么折腾她也没有反应；周围的人也就任她继续昏睡。一个人走在后面，提着这女人的一包衣服。

军官一边搓着手一边说：

"我们就这么左（做），砍砍（看看）她能不能自己船

（穿）上衣服，柳（溜）达柳（溜）达。"

然后，他就看着搬运的队伍向伊莫维尔森林方向走去。

两小时以后，这帮士兵回来了，不过只有他们回来。

我们再也没见到那个疯女人。他们把她怎么啦？他们把她抬到哪儿去啦？谁也不知道。

大雪夜以继日地下个不停，原野和树林就像披上了一件冰冷的海绵似的裹尸布。狼群一直蹿到我们的家门口号叫。

我一直惦记着这个被人抛弃的女人；我跟普鲁士方面交涉了好几次，想得到她的消息。我差一点被枪毙。

春天来了。普鲁士军队走了。我那个女邻居的房子依然关着；小径上长满了野草。

上一个冬天，老女佣死了。没有人再操心这桩离奇的事件，只有我还念念不忘。

普鲁士人把这个女人怎么啦？她逃到森林里去了吗？有人收留了她，或者她被收留在一家医院里了？得不到她的任何信息。没有一点消息，慢慢减轻了我的疑虑；随着时间过去，我心里的不安也平息了。

秋天到了，山鹬成群地飞过；我的痛风病稍稍见好，我拖着病腿一直走到森林。我已经打死四五只这种长嘴鸟；我又打下一只，跌落在一条满是树枝的沟里。我不得不下到沟里去捡那个猎物。我发现它掉在一个死人的脑袋旁边，猛地，那个疯女人的记忆涌上我的心头，我就像挨了一记重拳。在那凶残的一年里，也许有其他许多人惨死在这树林里；但不知为什么，我在心里确信，确信我遇到的脑袋就是那个不幸的疯女人的。

我突然明白了，我一切都猜到了。他们把她抛弃在床垫上；而她忠于自己的执念，胳膊腿一动不动地让自己死在鹅毛般厚而轻盈的积雪下。

后来，饿狼吞噬了她。

鸟儿们用她的撕破了的床垫里的羊毛筑了巢。

我保存下那个可怜的遗骨。我祈愿我们的子子孙孙再也看不到战争。

皮埃罗 *

* 本篇首次发表于一八八二年十月九日的《高卢人报》；一八八三年首次收入鲁维尔和布隆出版社出版的莫泊桑小说集《山鹬的故事》。

献给昂利·鲁戎①

勒菲弗尔太太是一个乡村富婆,一个寡妇。她是那种半城半乡的女人,她们爱用缎带,爱戴荷叶边儿的帽子,说话时在联诵②上常出错儿;她们在人前摆出一副傲慢的神态,但在花哨的可笑外表下隐藏着一颗自命不凡其实粗鄙不堪的灵魂,正如在她们的生丝手套下掩藏着一双又红又粗的手。

她有一个女佣,是个勤劳纯朴的乡下姑娘,名叫萝丝。

---

① 昂利·鲁戎(1853—1914):法国记者,约在一八七五至一八七六年间即与莫泊桑相识;他任副主编的《文学共和国》杂志曾发表青年莫泊桑的诗作。一八九一年起任美术学院院长,曾在其《胸像画廊》里回忆莫泊桑的往事。
② 联诵:法语的一条发音规则,同一节奏组中,前一词结尾不发音的辅音,与后一词开头的元音组成一个音节。

两个女人住在诺曼底①科区②的中部，一座大路边的有绿色百叶窗的小房子里。

她们的住房前面有一块狭小的园子，她们在里面种了一些蔬菜。

不料，一天夜里，有人偷走了十几个洋葱。

萝丝一发现这桩窃案，就跑去报告女主人，太太穿着呢裙子就下了楼。

这真是一件让人痛心而又令人恐惧的事。有人偷东西，偷了勒菲弗尔太太的东西！这么说，这一带有贼了；既如此，贼就会再来。

---

① 诺曼底：法国西北部的一个具有历史和文化传统的地区，西临拉芒什海峡，地域大致相当于现在的诺曼底大区，包括奥恩省、卡尔瓦多斯省、芒什省、滨海塞纳省和厄尔省。
② 科区：法国诺曼底一个具有地理特点和特殊人文传统的地区，地域涵盖整个滨海塞纳省的西部。

两个女人大为惊慌，一边察看脚印，一边唠叨着，做出各种各样的猜测："瞧呀！他们是从那儿过来的，先用脚蹬着围墙，然后再一下子跳到花坛上。"

想起将来的日子，她们惶恐不已。今后还怎么能安稳地睡觉啊！

失窃的消息很快传开。邻居们纷纷赶来，除了察看，还各抒己见；每来一个人，主仆两个女人就把自己的所见所想陈述一遍。

一个住在附近的农庄主给她们出了个主意："你们应该养一条狗。"

这倒是个好主意！她们的确应该养一条狗，哪怕是有了情况叫唤两声，发个警报也好。不过绝不能要大狗，天哪！她们要大狗有什么用！光吃也能把她们吃个倾家荡产。她们要的是一条小狗（在诺曼底，人们管狗叫"坎"），一条能叫唤的小"坎"就行。

众人走了以后，勒菲弗尔太太跟女佣就养狗的事商量了好半天。她反复思忖，提出种种反对的意见，因为一想到盛满狗食的大碗她就不寒而栗；她是那种精打细算的乡下富婆，她们的衣兜里总放着几个零锄儿，准备着在人前张扬地施舍给路上的穷人，或者周日在教堂里捐献。

可是萝丝喜欢动物，她说出一条条理由，为它们巧妙地辩护。就这样，她们决定养一条狗，一条再小不过的狗。

她们马上行动起来，物色一条这样的狗。可是能找到的都是些大狗，大口大口喝起浓汤来让人胆战心惊的大狗。罗勒维尔的食品杂货商倒是有那么一条小不点儿的狗，可是他一定要付给他两个法郎，抵偿抚养它的费用。而勒菲弗尔太太表示：她想养一条"坎"，但绝不会花钱去买。

这件事让面包铺老板知道了，一天早上驾着马车送来一条浑身黄毛、样子古怪的小狗。这条狗几乎没有腿，身子似鳄鱼，脑袋像狐狸，尾巴如小号般弯曲，像一根真正的羽饰，长度跟整个身子的余下部分相等。原来这个主人一心要摆脱它。这个丑陋不堪的小狗一文不值，勒菲弗尔太太却满意至极。萝丝一把把它抱在怀里，问它叫什么

名字。面包铺老板回答:"皮埃罗。"

她们把它安置在一个旧肥皂箱里,先给它水喝。水喝完了,又给它一块面包。面包也吃完了,勒菲弗尔太太就发起愁来。不过她转念一想:"等它熟悉了这个家,就撒开它。它满处跑,准能找到吃的。"

她们放它自由了,可结果,它还是照样挨饿。不仅如此,若不是为了要吃的,它连叫也不叫唤;而要吃的时候,它又叫唤得特别厉害。

随便什么人都可以放心大胆地进园子;皮埃罗跑过去跟每一个生人亲热,绝不会吭一声。

不过,勒菲弗尔太太渐渐习惯了这个动物,甚至喜爱上它了,时不时拿一块面包,蘸着自己菜里的汤汁,亲手喂它几口。

可是她根本没有想到还要纳税。"太太,八个法郎!"当有人要她为这只连叫也不爱叫的小狗交八个法郎的时候,她惊讶得几乎晕了过去。

她当即决定摆脱掉皮埃罗。可是谁也不要。方圆十法里[①]的居民全都拒绝收养这条狗。她没有别的办法,就决定

---

① 法里:法国旧时距离单位,一法里约为四公里。

让它去"啃烂泥"。

"啃烂泥",就是"啃泥灰岩"。当地人要摆脱狗,统统让它们去"啃烂泥"。

辽阔的原野上,远远就看得见一个类似窝棚的东西,或者说是支在地上的一个小小的茅草屋顶。那就是泥灰岩矿的坑口。一口陡直的大井深入地下二十来米,通到一系列长长的矿道。

不过现在,每年只有一次,在用泥灰给农田施肥的季节,才有人下到这个采石场去,其他时间都把它当作判了死刑的狗的坟场。从坑口旁经过的时候,狗的悲哀的号叫,愤怒或绝望的狂吠,可怜的求救声,经常会传到人的耳边。

猎人和牧民的狗生怕走近这呻吟不绝的坑口,总会避而远之;若有人在坑口弯下腰,就会闻到腐尸令人作呕的恶臭。

黑暗的井底,不知上演过多少惨烈的悲剧。

一条狗被扔到坑里,起初十到十二天,靠先来者的腐败的遗体充饥;当它奄奄一息时,一个更大也肯定更有力的新来者突然扑过来。坑底只有它们俩,全都饥肠辘辘,眼冒金星。它们互相窥伺,互相跟随,彼此提防,犹豫不定。但是饥饿胁迫着它们,它们终于互相攻击,久久地撕斗,凶残至极；最后强者咬死了弱者，把它活活地吞噬。

既然决定了让皮埃罗去"啃烂泥"，她们便开始找一个行刑的人。为了这趟差事，修补公路的养路工要十个苏①。勒菲弗尔太太觉得这太过分了。邻居家那个打短工的只要五个苏；她仍然觉得太贵。萝丝认为最好还是她们自己把它送去，这样既免得它在路上受虐待，也不会让它预感到自己即将大难临头。于是她们决定等天黑了就去。

这天晚上，她们给它准备了一盆美味的浓汤②，还加了一点黄油。它把浓汤喝个精光。见它高兴得直摇尾巴，萝丝一把把它抱在她的围

---

① 苏：旧时法国辅币，五生丁等于一苏，二十苏等于一法郎。
② 浓汤：法国人常吃或常喝的一种食物，加洋葱、土豆、白菜、面包及肉类等实料熬成的汤。

裙里。

她们像偷庄稼的贼似的，急匆匆地大步穿过原野。不久，她们就远远看见泥灰岩矿，很快就来到坑边。勒菲弗尔太太弯下身子，听听下面是不是有狗叫的声音。没有。——没有狗的叫声；矿坑里将只有皮埃罗。萝丝抽泣着，吻了它一下，就把它扔到坑里。扔了以后，她们还弯下身子，倾耳细听了好一会儿。

她们先听见一下坠地的沉闷响声；接着是一个动物被摔伤的凄惨的尖叫声；随后是一连串轻轻的叫痛声；继而是绝望的求救声，狗向坑口仰首苦苦哀求的声音。

它在叫，啊！它在叫！

她们又后悔，又恐惧，那是一种无法解释的极度恐惧；她们急忙逃跑。萝丝跑得快一些，勒菲弗尔太太直喊："等等我，萝丝，等等我！"

她们这一夜都噩梦连连。

勒菲弗尔太太梦见她坐在饭桌前正要喝浓汤，但是当她掀开汤盆盖子的时候，发现皮埃罗在里面，它飞身跃起，一下子咬住她的鼻子。

她惊醒过来，好像听见皮埃罗还在叫。她竖起耳朵；原来是她的错觉。

她重又睡着,发现自己走在一条大路上,那条大路长得没完没了,她一路走呀走。突然,她远远看见路中间有一个篮子,乡下人常拎着的那种大篮子,不知是谁丢在那儿的;这篮子让她害怕。不过她最后还是把篮子打开,只见皮埃罗蜷在里面;它咬住她的手,怎么也不松口;她吓得急忙逃跑,皮埃罗紧咬着她,一直挂在她的手上。

天蒙蒙亮,她就起床了。她几乎要发疯了,径直向泥灰岩坑跑去。

皮埃罗在叫;它还在叫;它一定是叫了一整夜。她抽抽噎噎地哭起来,用各种各样的爱称呼唤它。它也用一个狗能够发出的最温柔的声音回答她。

她于是决心把它弄回来,发誓要让它活得快乐,直到它死。

她跑去找挖泥灰岩的掘井工人,向他说明情况。那人一言不吭地听着,等她说完了,直截了当地回答:"您想要您的坎?那得付四个法郎。"

她大吃一惊;她的悲伤顿时不翼而飞。

"四个法郎!您不怕撑死!四个法郎!"

那人回答:"我带着绞绳和辘轳,把这些家什安装好,跟我儿子下到坑里,还冒着被您的该死的坎咬伤的危险,难道就是为了把狗还给您,让您乐和吗?您当初就不该把它扔下去。"

她气愤地走了。——"四个法郎!"

一回到家,她就把萝丝叫来,向她述说掘井工人如何漫天要价。萝丝总是顺着主人的意思说话:"四个法郎!这可是一大笔钱哟,太太。"

不过她接着出了个主意:"咱们扔点吃的给这个可怜的坎,让它饿不死,您看怎么样?"

勒菲弗尔太太听了大喜过望,极表赞成;她们带上一大块抹了黄油的面包,说走就走。

她们把面包咬成小块,咬一口,扔下去,再咬一口,再扔下去,还轮流跟皮埃罗说话。狗刚吃完一块,又汪

汪地叫起来，要下一块。

她们当晚又来喂，第二天又来喂，每天如此。不过后来就每天只来喂一次了。

谁知，一天早上，第一口面包扔下去以后，她们立刻听到井下传来一阵可怕的吠声。有两条狗！有人又扔下去一条狗，而且是一条大狗！

萝丝呼喊："皮埃罗！"皮埃罗也叫着，叫着。于是她们又开始向坑下扔食物；可是每扔一次，她们就听到一阵可怕的争抢声，接着就是皮埃罗被咬的哀号声。另一条狗力气大，扔下的食物全都被它独吞了。

她们徒劳地指名道姓："皮埃罗，这是给你的！"显然，皮埃罗一无所获。

两个女人一筹莫展，面面相觑；勒菲弗尔太太心酸地说："我总不能包养所有扔进坑里的狗吧。只好算了。"

想到那些狗全要靠她破费来养活，她愤愤不平，扭头就走，一边走一边吃着剩下的面包。

萝丝跟在她后面，用蓝色围裙的角儿不住地擦着眼睛。

小步舞*

* 本篇首次发表于一八八二年十一月二十日的《高卢人报》；一八八三年首次收入鲁维尔和布隆出版社出版的莫泊桑小说集《山鹬的故事》。小步舞是一种三拍的舞，十七和十八世纪流行于法国宫廷。

献给保尔·布尔热①

让·布里代尔,一个老单身汉,众所周知的怀疑论者,说:

多大的不幸也不会让我悲悲切切。我亲眼看到过战争,曾经跨过一具具尸体而无动于衷。猛烈残暴的天灾人祸能让我们发出恐惧和愤怒的号叫,但是不能让我们心痛,不能像看到某些令人感伤的小事那样让我们的脊背一阵战栗。

人们可能经受的最大痛苦,莫过于母亲失去孩子、孩子失去母亲了。这种痛苦很强烈、很可怕,可以让人痛不欲生、肝肠寸断。但是这些灾难就像流血的伤口一样,伤口再大也

---

① 保尔·布尔热(1852—1935):法国小说家,文学评论家。主要作品有《现代心理学》及其续编,心理分析小说《残酷的谜》《爱之罪》等。莫泊桑的朋友,曾致力于介绍莫泊桑的作品。

可以愈合。然而，某些偶然的邂逅，某些隐约看到、猜想到的事，某些隐秘的悲伤，某些造化的随心拨弄，却能在我们心里搅起无数痛苦的思想，突然向我们开启那错综复杂、不可救药的精神痛苦的神秘的大门。这些精神的痛苦，因为看似轻微，也就更为严重；因为看似无形，也就更加厉害；因为看似造作，也就更加顽固；它们会在我们心头留下一个悲哀的疤痕，一种苦味，一种让我们久久不能摆脱的幻灭的感觉。

有两三件事至今清晰地呈现在我的眼前。这样的事，别人肯定会不以为意，可是它们却像针扎似的，在我的内心深处留下永难治愈的又细又长的刺痕。

您也许无法理解这些短暂的印象给我留下的感觉。我就只跟您讲讲其中的一件吧。那已经是陈年旧事了，但是对我来说却仍然像昨天发生的一样鲜活。这件事让我如此感动，也许只怪我想象力太丰富了吧。

我今年五十岁。那时我还年轻，正在读法律。我有点多愁善感，有点爱幻想，抱着一种悲观厌世的人生哲学。我不太喜欢喧闹的咖啡馆、大叫大嚷的男同学和傻头傻脑的女孩子。我起得很早。我最爱的享受之一，就是早上八点钟左右独自一人在卢森堡公园①的苗圃里散步。

你们以前不知道有这样一个苗圃吧？它就像是一座已经被人遗忘的上个世纪的花园，一座像老妇人的温柔微笑一样美丽的花园。浓密的绿篱隔出一条条狭窄、规整的小径；小径夹在两排修剪得很规整的墙壁般的绿树之间，显得非常幽静。园丁的大剪刀不停地把这些枝叶构筑的隔墙修齐找平。每走一段，就可以看到一些花坛、一些像散步的初中生一样排列得整整齐齐的小树的苗圃，一片片娇艳的玫瑰花，或者一个个果树的方阵。

① 卢森堡公园：巴黎市内的重要公园之一，为意大利风格的园林，位于今第六区，一六一二年由玛丽·德·梅第奇王后创建。

在这片迷人的小树林里，有一个角落完全被蜜蜂占据。麦秸顶的蜂房，十分考究地彼此保持一定的距离，坐落在木板上，朝着太阳打开顶针般大的小门。走在小路上，随时都能看到嗡嗡叫的金黄色的蜜蜂，它们是这片和平地带的真正的主人，纵横交错的清静小径上的真正的漫步者。

我几乎每天早晨都到这里来，坐在一张长凳上读书。有时我会任凭书本落在膝头，沉入遐想，听巴黎在我的周围扰攘，享受着这古朴的林荫小径的无限安适。

但是，我不久就发现，经常在公园一开门时就到这里来的不止我一个人。我有时也会在一个灌木丛生的角落，迎面遇到一个古怪的小老头儿。

他穿一双带银扣的皮鞋、一条带遮门襟的短套裤、一件豹蛱蝶①颜色的长礼服，配一个代替领带的花饰，还戴着一顶让人想到大洪水②遗物的怪诞的灰色长绒毛宽檐礼帽。他长得很瘦，非常瘦，瘦骨嶙峋；他爱做鬼脸，也常带微笑。他那双滴溜溜转的眼睛亮闪闪的，不停地眨巴着。他手里总

---

① 豹蛱蝶：蛱蝶科的一种蝴蝶，翅膀的底色呈近乎烟草色的鲜艳的橙黄色。
② 大洪水：指《圣经》中的诺亚时代。

拿着一根金镶头的华丽的手杖，这手杖对他来说一定有着某种不寻常的纪念意义。

这老人起初让我感到怪怪的，后来却引起我浓厚的兴趣。我隔着枝叶的屏障窥视他；我远远跟着他，每到小树林拐弯处就停住脚步，免得被他发现。

后来的一个早晨，他以为周围没有人，便做起一连串奇怪的动作来：先是几个小步跳跃，继而行一个屈膝礼，接着用他那细长的腿来了个还算利落的击脚跳，然后开始优雅地旋转、跳跃，滑稽地晃来晃去，像是面对观众频频微笑，挤眉弄眼，两臂抱成圆形，把木偶似的可怜身体扭来扭去，动人而又可笑地向空中频频点头致意。他在跳舞！

我惊呆了，不禁问自己：我们两个人当中究竟谁疯了，是他，还是我？

这时他戛然而止，像舞台上的演员一样往前走了几步，然后带着和蔼的笑容，一边鞠躬一边后退，同时用他那颤抖的手，像女演员那样朝两排修剪得整整齐齐的树连送飞吻。

然后，他又神情严肃地继续散起步来。

从这一天起，我就一直注意他；他每天早晨都要重复一遍这套令人惊异的动作。

我越来越急切地想和他谈一谈。我决心冒昧一试，于是有一天，在向他致礼以后，我开口说：

"今天天气真好啊，先生。"

他也鞠了个躬：

"是呀，先生，真是和从前的天气一样。"

一个星期以后，我们已经成了朋友，我也知道了他的身世。在国王路易十五时代他曾是歌剧院的舞蹈教师。他那根漂亮的手杖就是德·克莱尔蒙伯爵①送的一件礼物。每次跟他聊起舞蹈，他就滔滔不绝地说个没完。

有一天，他知心地对我说：

"先生，我妻子叫拉·卡斯特利。如果您乐意，我可以介绍您认识她，不过她要到下午才上这儿来。这个花园，您看，就是我们的欢乐，我们的生命。过去给我们留下的只有这个了。对我们来说，如果没有它，我们简直就不能再活下去。这地方又古老又高雅，是不是？我甚至认为在这儿呼

---

① 德·克莱尔蒙伯爵（1707—1771）：圣日耳曼的修道院院长，大孔岱（1621—1686）的曾孙。

吸到的还是我年轻时的空气，没有丝毫变化。我妻子和我，我们整个下午都是在这儿度过的。只是我早上就来，因为我起得早。"

我一吃完午饭就立刻回到卢森堡公园。不一会儿，我就远远望见我的朋友，彬彬有礼地让一位穿黑衣服的矮小的老妇人挽着胳膊。他把我介绍给她。她就是拉·卡斯特利，曾经深受王公贵胄宠爱，深受国王宠爱，深受那似乎把爱的气息留在人间的整个风雅时代宠爱的伟大舞蹈家。

我们在一张长椅上坐下。那是五月。阵阵花香在洁净的小径上飘逸；温暖的太阳穿过树叶在我们身上洒下大滴大滴的亮光。拉·卡斯特利的黑色连衣裙仿佛整个儿浸润在阳光里。

花园里一片空寂，只有远处传来出租马车的辘辘声。

"请您给我解释一下小步舞是怎么回事，好吗？"我对年老的舞者说。

他意外得打了个哆嗦。

"小步舞嘛，先生，它是舞蹈中的王后，王后们的舞蹈。您懂吗？ 自从没有了国王，也就没有了小步舞。"

他开始用夸张的风格发表起对小步舞的赞词来。赞词很长，可惜我一点儿也没听懂。我希望他给我讲解一下步法、动作和姿势。他越讲越乱乎，又急又无奈，对自己的无能十分恼火。

突然，他朝一直保持着沉默和严肃的老伴转过身去，说："艾丽丝，你乐意不乐意，说呀，如果你乐意，那就太好啦，我们跳给这位先生看看什么是小步舞，你乐意吗？"

她不安地转动着眼睛，朝四周看了看，一声不响地站起身，走到老头儿的对面。

于是我看见了一个令我永生难忘的场面。

他们时而前进，时而后退，像孩子似的装腔作势，互相微笑，摇摇晃晃，鞠躬施礼，蹦蹦跳跳，仿佛两个年老的玩具娃娃，在昔日能工巧匠按当时的方法制造、已经有点损坏的古老机械驱动下舞蹈。

我看着他们，种

种异乎寻常的感受让我的心无法平静,一股难以言表的感伤激动着我的灵魂。我仿佛看到了一次可悲而又滑稽的幽灵现身,一个逝去的时代的幻影。我想笑,但更想哭。

他们突然停下来,他们已经做完了舞蹈的各种花式。他们面对面伫立了几秒钟,出人意料地露出凄楚的表情,接着便相拥着哭泣起来。

三天以后,我动身去了外省。从此我再也没有见到他们。当我两年后重返巴黎的时候,那片苗圃已被铲平。没有了心爱的昔日的花园,没有了花园里迷宫似的小路、从前的气息和小树林的通幽曲径,他们会怎样呢?

他们已经去世了吗?他们像失去希望的流亡者那样,正在现代的街道上徘徊吗?或者这两个荒诞的幽灵正在公墓的柏树之间,沿着坟边的小径,在月光下跳着魔幻似的小步舞?

对他们的回忆一直萦绕着我,纠缠着我,折磨着我,像一道伤痕留在我的心头。为什么?我也不知道。

您大概觉得这很可笑吧?

恐惧[*]

* 本篇首次发表于一八八二年十月二十三日的《高卢人报》;一八八三年首次收入鲁维尔和布隆出版社出版的莫泊桑小说集《山鹬的故事》。

献给 J.‑K. 于斯芒斯[①]

晚饭后,我们又登上甲板。在我们前方,静静的大月亮照耀下的整个地中海面没有一丝涟漪。庞然的大船在滑行,向星光点点的空中喷出一股粗粗的黑色烟蛇;而在我们身后,海水被急速行驶的沉重的船激荡着,被螺旋桨拍打着,泛起雪白的泡沫,好像在翻滚,猛烈地搅动着大片的亮光,仿佛月光在沸腾。

我们六七个人,驰目凝望正在前往的遥远的非洲,静静地欣赏着。船长也在我们中间,他一边抽着雪茄,突然又说起晚饭时的话题:

"是的,我那一天真的很恐惧。我的船的腹部插在一块

[①] J.‑K. 于斯芒斯(1848—1907):法国作家和艺术评论家。莫泊桑的朋友,一八八〇年出版的中篇小说集《梅塘夜话》中,有莫泊桑的《羊脂球》,也有于斯芒斯的《背起背包》。

岩石上，足有六个钟头，饱受海浪的冲击。幸而，傍晚的时候，一艘英国运煤船发现了我们，收留了我们。"

一个身材魁梧的旅客，面色黝黑，神情严肃，一望可知是那种游历过许多陌生国度，遭遇过许多艰难险阻的人，在他宁静的眼睛深处还保留着他见识过的某个奇特的风景，不难想象这是个久经磨难的勇敢的人。这时他第一次说话：

"船长，您说您曾经有过恐惧；我不这么认为。您用错了词，说错了您的感觉。面临迫在眉睫的危难，一个坚强的人永远不会恐惧。他会激动，慌乱，焦虑；但恐惧，那是另一回事。"

船长微微一笑，接着说：

"哎呀！我向您保证，我，我的确感到过恐惧。"

那位面孔黝黑的旅行家，于是慢条斯理地说起来：

请允许我解释一下吧！恐惧，不论是多么大无畏的人都会有恐惧的时候，这是一种可怕的东西，一种残酷的感觉，就像灵魂的瓦解，心智和思想的可怕痉挛，只要想起它就会让人不寒而栗。但是，如果一个人勇敢，那么无论面对一次攻击，还是面对不可避免的死亡，面对各种未知形式的劫难，都不会恐惧；只有遭遇某些非常的情况，面对隐约的危险，受到某些神秘的影响，才会恐惧。真正的恐惧，其实是对昔日离奇事物的恐怖的记忆。一个人相信有鬼魂，想象夜里看见过幽灵，才会感受到它的无以复加的可怕。

我呢，大约十年前，我在大白天感受过恐惧。去年冬天，十二月的一天夜里，我再一次体验到它。

不过，我经历过许多偶然的险情，许多还是看似致命的危难。我经常与人拼搏。我被盗贼误以为死去而放过。我在美洲被作为叛逆者判以绞刑。我在中国沿岸被人从一艘船的甲板上抛进大海。每次当我以为已经完了，我立刻就决定视死如归，既不服软，也不遗憾。

但是恐惧，可不一样。

我在非洲体验过它。然而它实际上是北国的女儿，太阳会把它像雾一样驱散。先生们，请务必注意这一点。在东方人的心目中，生命不重要；他们会立刻听天由命；那里，夜晚明亮而又空旷，没有萦绕寒冷国度的人的头脑的阴沉的不安。在东方，人们可能恐慌，但不知道恐惧。

好吧！现在就说一说我在这非洲土地上遇到的事情：

我那时正在穿越乌阿格拉①南边的巨大沙丘地带。那是世界上最奇特的地方之一。你们一定见过平坦的沙滩，一个没有尽头的笔直的大西洋的沙滩。好吧！请你们设想一下大西洋本身在一场风暴中变成了沙海；请你们想象一下一场凝滞的黄沙的波浪构成的无声的风暴。这些如山峰一样高耸的波浪，规模不等，形状各异，涌起时完全像奔放的海涛，但比海涛更高，而且布满云纹绸似的条纹。在这默默没有生机的汹涌的海洋上，南

---

① 乌阿格拉：阿尔及利亚东北部的一个城市，地区首府。

方夺命的太阳当头倾泻下它无情的光焰。你得攀登这些金色的山峰,再下来,再攀登,不停地攀登,没有休息,没有阴凉;马喘着气,马腿深陷到膝盖,在险峻的沙丘的另一面,从坡上连滚带爬地滑下来。

我们两个好友结伴而行,随行的有八个非洲骑兵、四匹骆驼和牵骆驼的人。我们不再说话;酷暑,疲劳,如同这炎热的沙漠一样的缺水,已经把我们折磨得痛苦难当。突然,我们的人中有一个大叫一声,我们都停下来;我们久久地伫立不动,被一种无法解释的现象所震惊,虽然对常在这些人迹罕至的地方旅行的人来说,这是屡见不鲜的事。

从我们附近的一个难以确定的方向,从某个地方传来鼓声,沙丘的神秘的鼓声;鼓声很清晰,时而响亮,时而减弱,停息一会儿,又开始它神奇的擂鸣。

几个阿拉伯人大惊失色,面面相觑;其中的一个用他的语言说:"死亡临头了。"就在这时,我的朋友,几乎和我亲如兄弟一样的我的那个朋友,突发日射病,头冲前,跌下了马。

在两个钟头的时间里,我徒劳地试图挽救他,而在这段时间里，这不可捉摸的擂鼓一直向我的耳内灌注着单调、断续、无法理解的响声；面对亲爱的人的尸体，在这四面沙丘围成的被烈日燃烧的深坑里，我感到恐惧，真正的恐惧，令人憎恶的恐惧，不断渗入我的骨髓；而与此同时，莫名其妙的回声一直在距最近的法国村庄至少二百法里的地方，向我们投来急促的鼓声。

那一天，我懂得了什么是恐惧。而另外的一次，我对恐惧的了解更加深切……

船长打断了讲故事的人的话：
"对不起，先生，可是那鼓声，究竟是怎么回事？"
那旅行家回答：

我也不知道。谁都不知道。那些军人经常意外地遇到这种奇怪的响声，他们大都认为这是被风暴刮起的沙粒碰到干草发出的响声的回音，被起伏的沙丘放大，成倍地放大，无限放大；因为人们发现，这种现象发生的地方，总是邻近被烈阳燃烧、硬得像羊皮似的小植物。

看来这鼓声只不过是一种声音的沙市幻象。如此而已。不过我后来才明白这一点。

现在我来讲第二件惊心动魄的事。

那是去年冬天，在法国东北部的一个森林里。天色很晦暗，夜晚提前两个钟头就来临。我由一个农民做向导，和他并肩走在一条小路上。枞树枝在上方交织成的拱顶在劲风中呼啸。透过树梢，只见溃散的乌云，仓皇的乌云，在飞奔，就像在逃避一场恐怖的灾难。时而一阵大风骤起，整个森林都向同一个方向侧倒，发出痛苦的呻吟；虽然我步子很快，穿着厚重的衣服，还是感到寒气袭人。

我们得去一个护林人家里吃晚饭和过夜，他的房子不远了。我要去那边打猎。

我的向导时而抬起头，低声说一句："天气真糟。"后来，他又对我说

起就要见到的这家人。两年前,父亲打死了一个偷猎者,自那以后,他就似乎被这件事困扰着,心情沮丧。他的两个儿子都已经结婚,还跟他一起生活。

夜色深沉。不论是前方还是周围,我什么都看不见。树的枝叶互相摩擦,让黑夜充满不停的嘈杂声。我终于看到一点灯光;我的伙伴很快就敲响一扇门。回答我们的是几声妇女的尖叫。继而,一个男人的声音,一个紧张的声音,问:"谁?"我的向导报了自己的名字。我们进了屋。那真是一个令人难忘的场景。

一个白发苍苍的老人,目光像发了疯一样灼亮,手持一支上了膛的步枪,站在厨房中间等着我们;两个身材高大的小伙子每人拿一把斧头守着门。在阴暗的角落里还跪着两个女人,手捂着眼睛,面朝着墙。

我们说明了来意。老人把步枪放下,竖在墙边,并且吩咐准备我的房间。过了一会儿,见女人们没有动,他突然对我说:

"您瞧,先生,两年前的今天夜里,我杀了一个人。去年他回来喊过我。今天晚上我防着他再来。"

接着,他用让人发笑的语调又说:

"所以，我们不大平静。"

我尽我所能地让他放心，一面庆幸这个晚上来得正巧，能亲眼看到这出由迷信产生的好戏。我讲了几个故事，让大家都稍稍平静了一点。

壁炉旁边，一条几乎瞎了的老狗，那种唇髭老长，跟谁像谁的狗，正把鼻子埋在爪子里睡觉。

外面，肆虐的狂风击打着小屋，透过一块狭窄的玻璃，一个位于门边的窥视孔，只见在巨大的闪电的亮光下，一片树被风吹得东倒西歪。

虽然我尽力劝说，我还是明显地感到一种深深的恐惧控制了这些人，每当我停止说话，他们的耳朵就倾听远方。我厌烦了这种愚蠢的惊诧，正要表示想去睡

觉，老护林人猛地从椅子上跳起来，又拿起他的步枪，语带惊慌地说："他来了！他来了！我听见他在那儿！"两个女人重又在那个角落里跪下，捂着脸；儿子们也又拿起斧头。我正要再一次安抚他们，那条睡觉的狗突然醒来，扬起头，伸长了脖子，用它几乎瞎了的眼睛看着炉火，发出一声凄厉的长啸，那种乡间夜晚会令行路人不寒而栗的长啸。所有的眼睛都转向这条狗，它此刻一动不动，像被一个幻象吸引住了似的，伫立着，接着又朝着某个看不见、说不清的东西叫起来；那东西想必很可怕，因为这狗浑身的毛都竖了起来。护林人脸色煞白，嚷道："它闻到他了！它闻到他了！我杀死他的时候它也在那里。"两个惊恐的女人跟狗一起号叫起来。

尽管我竭力保持镇定，仍不免脊背蹿过一阵剧烈的战栗。此时此地，在这些人惊恐万状的情境里，这个动物的幻觉看上去令人胆战心惊。

就这样，那条狗原地不动地号叫了一个小时之久；它就像在梦中受了惊吓似的号叫；而恐惧，令人心惊胆战的恐惧，也渗透了我的身心。恐惧什么？我怎么知道？就是恐惧，没什么可说的。

我们久久地待在那里，脸色煞白，等待着一件可怕的大事；我们竖着耳朵，心怦怦直跳，些微的声响都会让我们浑身发抖。那条狗开始绕着房间转圈，嗅着墙壁，不断地呻吟。这畜生简直把我们逼疯了！那个领我来的农民惶恐极了，向它扑过去，同时打开通向一个小院子的门，把它轰了出去。

它立刻就不出声了；而我们却依旧深陷在更让人害怕的寂静里。突然，我们所有人都吓了一跳：一个人贴着朝向森林的那面外墙溜过去，走到门那儿，似乎在用一只没有把握的手摸索着门；然后，有两分钟的时间，什么响声都听不见了，这两分钟却几乎让我们发狂。待了一会儿，那人又来了，还是蹭着外墙；他就像一

个小孩一样用指甲轻轻地挠着门。接着，窥视孔里突然露出一个白色的脑袋，眼睛像猛兽一样闪亮，嘴里发出一种声音，一种难以分辨的声音，一种哀怨的低吟。

这时厨房里爆发出一个可怕的响声。是老护林人开了一枪。两个儿子立刻冲过去，把大桌子立起来堵住窥视孔，又用厨柜加固。

我向你们发誓，听到我完全没有料到的这声枪响，我的心，我的灵魂，我的肉体，是那么不安，我感到一阵晕眩，几乎恐惧得死过去。

我们一直待到天明，不能动，也说不出一句话，难以形容的惶恐把我们惊呆了。

直到从一扇窗户的挡光板的缝隙里看到一线日光，人们才敢拆除门后的工事。

只见那条老狗被人一枪爆头，尸体躺在门边的墙脚。

它是在篱笆底下刨了一个窟窿，钻出院子的。

面色黝黑的旅行家住口了，然后又补充道：

"那天夜里，我虽然没有遇到任何危险，然而我宁肯重新开始曾经遇到的所有凶险时刻，也不愿再有那从窥视孔向胡子老长的脑袋开枪的一瞬。"

诺曼底人的恶作剧*

* 本篇首次发表于一八八二年八月八日的《吉尔·布拉斯报》,作者署名"莫弗里涅斯";一八八三年首次收入鲁维尔和布隆出版社出版的莫泊桑小说集《山鹬的故事》。

献给阿·德·儒安维尔①

　　婚礼的队伍在一条低洼的路上行进。两边农庄的斜坡上长出的大树为这条路铺满浓荫。年轻的新郎新娘走在最前面，接着是家人，然后是客人，再后是穷苦乡亲；还有那些顽童，他们像苍蝇似的围着行进的队伍乱转，在行列里蹿来蹿去，甚至爬上大树好看得更清楚。

　　新郎是个帅小伙子，名叫让·帕图，是本地最富裕的农庄主。不过他首先是个狂热的猎人，为了满足这个癖好，他简直丧失了理智；他为猎犬、猎场看守人、打猎用的白鼬和猎枪所花的钱，堆起来能跟他一样高。

　　新娘罗萨丽·鲁塞尔，这一带门当户对的男子都曾经争

---

① 阿·德·儒安维尔（1853—1931）：莫泊桑青年时代的朋友，因其常戴单片眼镜，绰号"独眼龙"，经常和莫泊桑在巴黎西郊的塞纳河划船，演过莫泊桑写的剧本。

相追求她，因为大家都觉得她可爱，而且知道她有一份丰厚的陪嫁。可是她选中了帕图，大概因为他比他们更招她喜欢；但她是个审慎的诺曼底姑娘，更可能是因为她知道他有更多的埃居①。

就在他们拐进新郎的庄园的大栅栏门时，一连响起四十下枪声，不过放枪的人躲在沟里，看不见是谁。听见枪声，男人们都乐翻了；他们穿着节日服装，笨拙地手舞足蹈起来；而帕图呢，发现一个长工躲在一棵大树后面，便离开他的女人朝那长工跑过去，抓过他的枪自己也放了一枪，快活得像欢蹦乱跳的小马驹。

接着，人们又继续在果实累累的苹果树下

---

① 埃居：法国古代钱币，种类繁多，最常见的是五法郎一枚的埃居。

往前走，穿过茂盛的草地。散牧在草地上的那些小牛，睁着大眼睛望着，慢吞吞地爬起来，立在那儿不动，鼻子伸向婚礼的队伍。

快走到摆喜酒的地方时，男人们又恢复了严肃的态度。一些比较富裕的人，戴着丝光闪闪的大礼帽，在这种场合好像很不相称；另一些人，戴着老式的毡帽，绒毛长长的，人家还以为是鼬鼠皮做的；那些最卑微的人就戴着鸭舌帽。

女人们都围着一条松软地垂在背上的披肩，捏着两头把披肩装模作样地搭在胳膊上。那些披肩都是红颜色的，带着斑斓的印花，闪闪发光；它们是那么光彩夺目，仿佛连粪肥堆上的黑母鸡、池塘边的鸭子和茅屋顶上的鸽子都感到惊讶。

整个田野的绿色，草和树的绿色，在这强烈的红色衬托下都显得更绿；这两种颜色紧紧相邻，在中午的烈日照耀下，亮得令人目眩。

在苹果树的枝叶交织成的顶棚的尽头，农庄的大宅仿佛在那里恭候着大家。一股热气从敞开的门和窗户里涌出来，一股食物的浓香从整座房子，所有开口的地方，甚至从墙壁里冒出来。

客人的行列像一条蛇，在院子里拉得长长的。前面的人已经到了屋前，队散了，人也散了，敞开的栅栏那里依然有人在往里走。现在连圩沟里都满是孩子和看热闹的穷人；枪声砰砰啪啪地从四面八方同时打响，往空气里掺进火药的烟雾和苦艾酒一样醉人的香味。

到了房门前，女人们拍打掉连衣裙上的尘土，解开帽子上当缎带的小锦旗，取下披肩搭在胳膊上，然后走进屋，把这些服饰全都放下。

酒席摆在能容纳一百人的宽敞的厨房里。

人们两点钟入席，到八点钟还在吃。男人们解开纽扣，脱掉外衣，脸涨得通红，像填不满的无底洞，贪婪地吞咽着。黄色的苹果酒在大玻璃杯里闪烁，欢快，清澈，泛着金光；旁边是红葡萄酒，像血的颜色一样深红的葡萄酒。

每道菜之间都要喝

一杯烧酒，诺曼底人叫开胃，一杯烧酒下肚，能让人身子发烧，脑袋发狂。

不时地，有个吃得肚子发胀的客人走到最近的树底下减轻一下负担，然后又如饥似渴地回来。

农妇们吃得脸色猩红，喘气艰难，胸脯撑得像气球；紧身褡把她们勒成两段，上段和下段都是鼓鼓的，只因为害羞，才继续留在饭桌上。但是其中有个女客，实在太难受，走了出去，于是所有的女客都跟着离席。她们回来的时候快活多了，可以好好乐一乐了。粗俗的玩笑就开场了。

猥亵的话像连珠炮似的满桌子飞，而且都是关于洞房之夜的。农民头脑里的弹药很快就用光了。一百年来，在这同样的场合使用的都是同样放肆的话，尽管人们都已经耳熟能详，却依然能激起浓烈的兴趣，引得两排客人哈哈大笑。

一个灰白头发的老头子喊了一声："去梅齐东①的旅客上车啦。"随即响起一片欢乐的狂吼。

桌子的一头坐着四个小伙子，都是邻居，正在策划跟新郎新娘搞一场恶作剧，他们似乎想出一个好主意，一边叽咕

---

① 梅齐东：法国诺曼底地区卡尔瓦多斯省的一个市镇。

着一边高兴得直跺脚。

其中一个人，趁着片刻的安静，突然大声说：

"今天夜里，偷猎的人一定会来玩个痛快，这月亮多好呀！……你说，让，这么好的月亮，你能不来欣赏吗？"

新郎猛地扭过头来：

"那些偷猎的家伙，叫他们来试试！"

那个人笑道：

"哈哈！他们一定会来；只怕你不会为了这个放下你的好事！"

全桌的人都开心得前仰后合。地面也跟着摇晃，酒杯也跟着颤动。

但是，想到会有人趁他新婚之夜到他这里来偷猎，新郎勃然大怒：

"我告诉你，我说话算话，让他们来试试吧！"

人们接着说了一大通语意双关的下流话，说得新娘脸上有点儿羞红，虽然她已经急得直发抖。

又喝了几罐烧酒，大家就各自回去睡觉。新婚夫妇进了他们的卧房。就像所有农庄里的卧房一样，他们的卧房在底层。天气有点热，他们把窗户打开，关上了护窗板。一盏品味粗俗的小灯,新娘父亲送的礼物,在五斗橱上照着亮;床铺已经准备好接待新人。他们第一次拥抱完全不像城里人那样扭扭捏捏。

年轻女人已经脱掉帽子和连衣裙,只剩下衬裙。在她解高帮皮鞋带子的时候,就要抽完一支雪茄的让用眼睛瞟着他的妻子。

他斜视着她,目光灼亮,不过那更多的是色情的而不是柔情的目光;因为与其说他爱她,不如说他渴望得到她。突然,他就像一个要开始干活的人似的,猛地脱掉衣服。

她已经脱下高帮皮鞋,这时正在脱袜子;她对他说:"你躲到窗帘后面去,我要上床了。"两小无猜的时候她就称呼他"你"。

他先装作不肯,后来才带着一副狡黠的神情走过去,躲起来,不过头还伸在外面,她笑着,要蒙他的眼睛;他们就这样男欢女爱地闹着玩,

不故作羞涩，也一点不拘束。

他终于让步了；她于是转瞬间解开最后的衬裙，让它顺着她修长的腿出溜下去，落在她的脚的周围，在地上摊成一个圆圈。她并不捡它，而是从里面跨出来，赤裸着身体，只穿一件宽松的长睡衣，钻进被窝，把弹簧床压得咯吱响。

他甩掉鞋子，穿着长裤，马上就走过来，向妻子弯下腰，要吻她；她把嘴躲到枕头底下。就在这时，远处，他觉得像是在拉佩家的树林那个方向，传来一声枪响。

他的心顿时紧张起来；他不安地直起腰来，跑到窗前，打开护窗板。

满月的月光黄澄澄的，沐浴着庄院；苹果树在自己脚边投下黑色的身影；远处田野上成熟的庄稼泛着金光。

让把身子探出窗外，倾听着夜间的各种声音；这时，妻子走过来，用

两条赤裸的胳膊搂住他的脖子,把他往后拉,一边小声说:

"随他去,跟你又没关系;来吧。"

他转过身,抓住她,紧紧搂住她,把手伸到薄纱下面抚摸她。然后,他用粗大有力的臂膀抱起她,向他们的床铺走去。

他把她放在床上,床被压得陷了下去;偏偏这时又是一声枪响,而且更近。

让不禁大为光火,诅咒道:

"他妈的!他们难道以为因为有了你,我就不会出去?……你等着,你等着!"他穿上鞋,摘下总是挂在离手不远的猎枪;他妻子跪在地上拖着他,死乞白赖地求他别走;他使劲甩开了她,跑到窗口,一跳就到了院子里。

她等了一个钟头,两个钟头,一直等到天亮。丈夫还不回来。她惊慌了,大声呼喊,向人述说让怎么发火,怎么去追那些偷猎的人。

长工们、车夫们、杂役们,立刻出发去寻找主人。

他们在离农庄两法里的地方找到了他。他被从头到脚捆绑着,已经气得半死,枪被折弯,反穿着裤子,脖子上挂着三只死野兔,胸前还挂着一块牌子:

"谁出去打猎,谁丢掉位子。"

后来，每讲起这个娶亲的夜晚，他总要加上几句："啊！要说恶作剧，那场恶作剧实在是够损的！那些坏蛋，他们就像逮兔子一样，拿一个活结把我逮住，把我的头套在一个布袋子里。不过叫他们小心点儿，总有一天我会好好整他们一下！"

在诺曼底乡间，办喜事的日子，人们就是这样恶作剧。

木屐 *

* 本篇首次发表于一八八三年一月二十一日的《吉尔·布拉斯报》,作者署名"莫弗里涅斯";同年首次收入鲁维尔和布隆出版社出版的莫泊桑小说集《山鹬的故事》。

献给莱昂·封坦①

年老的本堂神父俯身在农妇们的白软帽和农夫们僵硬或者涂了发蜡的头发上方,正在嘟嘟哝哝地做完最后几句布道的讲演。远道来望弥撒的农妇们的大篮子都搁在各自身旁的地上;这是七月的一天,酷热让每个人身上都散发出一股家畜的气味、牲畜的气味。公鸡的啼声、卧在附近田野里的母牛的哞声,从敞开的大门里传进来。时而有一阵夹着田野香味的气息从门洞里涌进来,所经之处掀动起帽子的飘带,进而吹得祭坛上大蜡烛顶端的黄色小火苗摇摇曳曳……神父宣布:"愿一切如天主旨意,阿门!"然后,他就结束讲演,打开一本经书,像每周一样,开始向信徒们交代本地的日常

---

① 莱昂·封坦(1845—1912):莫泊桑青年时代的朋友,划船爱好者,绰号叫"小蓝"。担任过司法助理。曾写过一些纪念莫泊桑的文章。

琐事。这白发老人主持这个教区的教务就要满四十年了。通过主日①讲道，他和所有的教民保持着密切的联系。

他接着说："我请你们为戴希雷·瓦兰祈祷，他病得很重；也为波麦勒的老婆祈祷，她产后没能很快地恢复健康。"

他想不起还要说什么，就在一本日课经里找纸条。他终于找到了两张，才继续说："小伙子和姑娘们，晚上可不能像这样到墓地里去，不然我就通知乡村警察了。——塞赛尔·奥蒙先生要雇一个年轻正派的姑娘做他的女佣。"他又考虑了几秒钟，接着说，"就这些了，我的兄弟们，我以圣父、圣子和圣灵的名义，为你们祈福。"

他走下讲坛，弥撒到此结束。

---

① 主日：天主教的说法，指礼拜日，即星期日。

玛朗丹一家人回到家。那是萨布里埃尔村去富尔维尔镇的大路边的最后一座茅屋。父亲是个身材矮小的老农，长得干巴巴的，满脸皱纹。他在桌旁坐下，这会儿，他的妻子把挂在钩子上的汤锅拿下来，女儿阿黛拉依德从碗橱里取出杯子和盘子。他说："奥蒙老板家的这个位子也许挺好，他老婆死了，儿媳妇不喜欢他，他孤独一人，而且有钱。咱们把阿黛拉依德送去也许是一件好事。"

妻子把黢黑的汤锅放在桌上，揭开锅盖，一股浓汤的热气直冲到天花板，散发出强烈的圆白菜的香味。她思索着。

丈夫接着说："他有钱，这是肯定的。不过一定要机灵，偏偏阿黛拉依德不是这个料。"

这时妻子说："我看咱们还是可以试一试。"说完，她转向女儿，这是一个长相傻乎乎的姑娘，黄头发，胖脸蛋红得像苹果皮。她吼道："听见了吗，蠢丫头，你去奥蒙老板家，说你愿意给他当用人，他

要你干什么你就干什么。"

女儿没有回答，只是傻笑。然后，一家三口便开始吃饭。

过了十分钟，父亲又说："丫头，你听我一句话，你照我说的去做，别出一点差错……"

接着，他便用缓慢而又细致的言辞，描述出一整套行为规则，把最微小的细节都预见到了，为她征服这个跟家人不和的老鳏夫做准备。

母亲也停下来不吃了，只顾在一旁听。她手里拿着叉子，眼睛轮流看着丈夫和女儿，默不作声，聚精会神地追随着这番教导。

阿黛拉依德始终没有反应，目光犹疑而又茫然，神情顺从而又愚蠢。

一吃完午饭，母亲就让她戴上软帽，两个人一起去找塞赛尔·奥蒙老板。他住在一座小砖楼里，背靠他的佃户们住的房子。他已经不再经营农事，靠年金生活了。

他五十五岁上下，像所有的富人那样肥胖、快乐而又性情粗暴。他大笑大嚷，声音洪亮，几乎能把墙壁震垮；他经常满杯满杯地狂饮苹果酒和烧酒；尽管已经这把年纪，他还称得上情欲旺盛。

他喜欢手抄在背后在田里巡视，大木屐深陷在肥沃的泥土里，用爱好者的眼光神情自若地观察着麦子的长势和油菜的花情。他乐在其中，不过他现在不那么费力了。

现在人们说他："这是个悠闲自在的大叔，不过并不是每天都有好心情。"

接见母女俩时，他正大肚子顶着餐桌，就要喝完咖啡。他向后仰起身子，问：

"你们有什么事？"

母亲说：

"这是我的女儿阿黛拉依德，我想让她给您当用人，今天早上本堂神父说您要找个人。"

奥蒙老板打量了一下女孩，然后突然问道："这头大母羊嘛，她多大了？"

"到圣米歇尔节①就二十一岁了,奥蒙先生。"

"好吧;我每月给她十五个法郎,外加伙食。让她明天一早就来,做我中午喝的浓汤。"

说罢,他就把母女俩打发走了。

阿黛拉依德第二天就开始工作。她就像在自己家里一样,一声不吭,辛苦地干起活来。

九点钟光景,她正在擦洗厨房的方砖地,奥蒙老板喊她:

"阿黛拉依德!"

她连忙跑去,"我来了,老板。"

她刚跑到他面前,两手还红红的,不知往哪儿搁,神色慌乱。他就宣布:"你听着,咱们之间可不要出任何差错。你是我的用人,没有别的。你听着,咱俩的木屐千万别混在一起。"

"是,老板。"

"各人有各人的位置,丫头,你的位置在厨房;我的在客厅。别的地方都是你的,也是我的。明白了吗?"

"是,老板。"

---

① 圣米歇尔节:根据基督教传说,圣米歇尔节在每年的九月二十九日。

"好吧。就这么说，干活去吧。"

她又去干她的活。

中午，她在糊了壁纸的小餐厅里为主人摆好午饭；等浓汤也端上桌，她就去通知奥蒙先生：

"老板，开饭了。"

他走进来，坐下，环视一周，打开餐巾，犹豫片刻，用响雷般的声音喊道：

"阿黛拉依德！"

她来了，满脸惊慌。他像要杀了她似的叫嚷：

"喂，他妈的，你呢，你的位子在哪儿？"

"这个……老板……"

他吼道："我可不喜欢孤单一人吃饭，他妈的……去那儿坐下，你要是不乐意，那就滚蛋。去把你的盘子和杯子拿来。"

她吓坏了，拿来自己的餐具，结结巴巴地说着："我来了，老板。"

她在他对面坐下。

他高兴了；他喝着酒，敲着桌子，讲了一个又一个故事；她低着头，不敢吭一声。

她不时地站起来去拿面包、苹果酒和盘子。

喝咖啡的时候，她只放了一个盘子在他面前；他又发起火来，责问：

"那么，你的呢？"

"我从来不喝咖啡，老板。"

"你为什么从来不喝？"

"因为我不喜欢。"

他又发火了："我不喜欢孤单一人喝咖啡，他妈的；如果你不愿意坐在那儿喝咖啡，你就滚蛋，他妈的……去找一个杯子来，快。"

她去拿了一个杯子，重又坐下，尝了一口这黑色的饮料，咧咧嘴，做了个苦涩的表情；不过在主人凶恶的目光下，她还是喝完了。接着，她还得喝三杯烧酒，第一杯是涮杯酒[①]，第二杯是送这涮杯酒的酒，第三杯是拍一下屁股收场酒。

然后，奥蒙先生就让她去，对她说："现在，洗盘子去吧。你是个乖女孩。"

晚饭的情况也一样。不过饭后她还得陪他玩一会儿多米诺骨牌，然后他才打发她去睡觉。

---

① 喝完咖啡后斟入咖啡杯饮用的烧酒。

"去睡吧，我待会儿就上来。"

她来到她的卧房，那是一间屋顶下的阁楼。她做完祈祷，脱了衣服，就钻进被窝。

不过，她突然吓了一跳，大惊失色。一声怒吼把房子震得直颤。

"阿黛拉依德呢？"

她打开门，从她的阁楼回答：

"我在这儿，老板。"

"你在哪儿？"

"我在自己的床上，当然啰，老板。"

他大嚷道："你快下来，他妈的……我不喜欢孤单一个人睡，他妈的……要是你不乐意，就给我滚蛋，他妈的……"

她惊慌失措，一边找蜡烛，一边从阁楼上回答：

"我来了,老板!"

他听见杉木楼梯上发出她的小木屐的响声;当她踏在最后几级梯级时,他就一把抓住她的胳膊;她的窄小的木屐刚放到门前主人的皮面大木屐旁边,他就一边把她推进屋,嘴里一边骂着:

"快一点,他妈的!……"

她不断地重复着:

"我来了,我来了,老板。"

她已经不知道自己在说什么了。

半年后的一个星期日,她去看望父母,父亲奇怪地审视着她,问:

"你不是怀孕了吧?"

她一脸懵懂,看着自己的肚子,反复说:

"没有,我想没有。"

不过,他穷追不舍,继续盘问:

"不会是哪个晚上,你们的木屐混在一起了吧?"

"是的,从第一个晚上它们就混在一起了,而且以后每晚都这样。"

"这么说,你的大肚囊,已经怀上了。"

她啜泣起来，结结巴巴地说："我……我怎么知道？我……我怎么知道？"

玛朗丹大叔端详着她，眼神表示他已经明白了一切，他脸上流露出得意之情。追问：

"你不知道什么？"

她一边哭一边说：

"我……我不知道，怎么这样就会弄出孩子！"

母亲进来了。丈夫并不动怒，只是平心静气地说：

"你瞧，她现在已经怀上孩子了。"

但是母亲本能地大为气愤，痛骂已经哭成泪人的女儿，骂她是"下贱货""骚婊子"。

然而老头子却让她住口。他拿起鸭舌帽，要去跟塞赛尔·奥蒙老板谈谈这件事。他只怪女儿：

"她比我想的还要蠢。她甚至不知道自己做了什么事，这个傻丫头。"

下个星期日讲道的时候,年老的本堂神父公布了奥纽福勒-塞赛尔·奥蒙先生和塞莱斯特-阿黛拉依德·玛朗丹的结婚预告。

修软垫椅的女人 *

* 本篇首次发表于一八八二年九月十七日的《高卢人报》；一八八三年首次收入鲁维尔和布隆出版社出版的莫泊桑小说集《山鹬的故事》。

献给莱昂·艾尼克①

德·贝尔特朗侯爵为庆祝开猎而举行的宴会正接近尾声。十一位参加打猎的男士、八位年轻的女士和本地的一位医生围坐在灯火辉煌的大桌子旁，桌子上摆满水果和鲜花。

人们的话题转到爱情上，顿时掀起一场伟大的辩论，那亘古不易的辩论：人一生中究竟只能真心实意地爱一次，还是能爱多次。有人举出一些实例，说明人永远只能认真地爱一次；有人推出另一些榜样，证实有些人经常谈情说爱，而且每次都如醉如痴。总体说来，男人都认为爱情犹如疾病，可以不止一次地侵袭同一个人，甚至可以置其于死地，如果爱情之路遇到什么障碍的话。虽然这一看法似乎无可争议，

---

① 莱昂·艾尼克(1851—1935)：法国作家，以左拉为首的梅塘晚会的参加者之一，莫泊桑的好友；一八八〇年出版的《梅塘夜话》中，有莫泊桑的《羊脂球》，也有艾尼克的《"大七"事件》。

不过女士们的见解总是立足于诗意的追求，而非实际的观察，她们认定：爱情，真正的爱情，伟大的爱情，一个人一生只能有一次；这爱情就如同霹雳，人的心一旦被它击中就会被它掏空、摧毁、焚烧，任何其他强大的感情，即使是梦想，都无法在这颗心里重新发芽。

侯爵曾经恋爱过许多次，对这种看法大表异议：

"我要对你们说，一个人可以全心全意、满怀赤诚地恋爱好多次。你们刚才举了些以身殉情的事例来证明不可能有第二次痴情。我要回答你们：如果这些人没有干出自杀这种蠢事——如果自杀了，那当然就再没有堕入情网的机会了——那么，他们的病会痊愈，他们会重新开始，直到他们寿终正寝。多情人和嗜酒者的情形一样，嗜酒者喝了一次还想再喝；同样，多情人爱过一次还会再爱。这是个气质问题。"

争持不下，他们推举原来在巴黎行医、后来退隐到乡下的老医生做仲裁人，请他发表意见。

严格地说，他也没有什么明确的观点。他说：

"正像侯爵说的，这是个气质问题。至于我嘛，我就见过这么一桩恋情，持续了五十五年之久，没有一天动摇过，最后人死了才算结束。"

侯爵夫人拍起手来。

"真是太美了！能够这样被人爱，是多么诱人的梦想啊！五十五年生活在这种坚持不渝、刻骨铭心的痴情里，这该是多么幸福啊！一个男人受到这样的挚爱，该是多么幸运，他该怎样赞美人生啊！"

医生微微一笑：

"太太，的确，在这一点上您没有搞错，被爱的确实是一个男子。您认识他，就是镇上的药房老板舒凯先生。至于她，那个女的，您也认识，就是那个每年都要来府上修理软垫椅的老妇人。不过，请听我跟诸位细细讲来吧。"

女士们的热情顿时低落下来；她们脸上的不屑的表情似乎在说："呸！"好像爱情只应该打动那些有教养、有地位的人，只有这些人才理所当然值得别人的关心。

医生径自说下去：

三个月以前，我被叫到这个临终的老妇人的床边。她是前一天晚上乘她那辆可以当房子住的马车来的。拉车的那匹老马，你们也见过。跟她来的还有她那两条是朋友也是卫士的大黑狗。本堂神父已经先到了。她请我们俩做她的遗嘱执行人；不过为了让我们理解她的遗愿，她向我们叙述了她的一生。我不知道还有什么比这更奇特、更令人感动的了。

她父母都是修理软垫椅的。她从来就没有过盖在地上的住所。

她从小就到处流浪，衣衫褴褛，蓬头垢面，浑身的虱子。他们每到一个村子，就把马车停在村口的沟边，给马卸了套，让它去吃草；狗把鼻子往爪子上一搁，就趴在地上睡起来；小女孩去草地上打滚儿；父母就在路边的榆树底下，将就着修理从村里收来的各式各样的旧椅子。在这流动的房子里，一家人难得开口说话，只是在决定谁去走家串户揽活儿、吆喝那

句人人都熟悉的"修椅子喽!"的时候,才不得不说两句。然后,他们就面对面或者并排坐下,搓起麦秸来。孩子要是跑得太远,或者想跟村里的孩子打个招呼,父亲就会恶声恶气地喊她:"还不快回来,臭丫头!"这是她听过的唯一一句疼爱的话。

等她稍微长大一点,他们就打发她去收破损的椅子。就这样,她在这个村那个镇结识了几个孩子;不过这时候,该是这些新朋友的父母凶神恶煞般地召唤他们的孩子了:"还不快过来,淘气鬼!我看你还跟小叫花子说话!……"

还经常有顽童朝她扔石头。

偶尔有太太们赏她几个苏,她就细心收起来。

她十一岁那年,有一天,路过咱们这里,在公墓后面遇见小

舒凯正在那儿哭,因为一个小伙伴抢了他两个里亚①。在她那贫苦孩子的脆弱的脑袋里,一个有钱人家的孩子想来应该总是得意扬扬、欢天喜地的,这个小少爷的泪水深深打动了她。她走过去;得知他为什么难过以后,就把自己攒下来的七个苏,她的全部积蓄,倒在他手里;而他也就十分自然地收下了,一边擦着眼泪。这让她高兴得疯狂,她竟壮着胆子吻了他一下。他正专心致志地看着手上的那几个小硬币,也就由她去。她看自己没有遭到他拒绝,也没有挨他打,就继续吻,紧紧搂着他,热情地亲吻他。然后就连跑带颠地走了。

在这可怜的脑袋里究竟发生了什么呢?她从此就把自己和这个男孩联系起来,是因为她把自己漂泊所得的全部财富献给了他?还是因为她把自己柔情的初吻送给了他?这样的事对孩子和对大人一样,都是个谜。

此后好几个月,她一直念念不忘公墓后面的那个角落和那个男孩。为了能再见到他,她想法儿骗取父母的钱,收修垫椅钱的时候,或者去买东西的时候,这里抠

---

① 里亚:法国旧时铜币,相当于四分之一苏。

一个苏,那里抠一个苏。

当她再次经过这里的时候,她衣袋里已经攒了两个法郎;但是她仅仅能够隔着舒凯家药房的玻璃橱窗,从一大瓶红色药水和一个绦虫标本的夹缝里张望一下打扮得干干净净的小老板。

但是她只会更加爱他。那彩色药水和那耀眼的水晶玻璃的光华吸引着她,令她激动,让她陶醉。

她把这不可磨灭的记忆保留在心里。第二年,她在学校后面遇到他正在和几个同学打弹子,便向他扑过去,把他搂在怀里,使劲地吻他,把他吓得哇哇大叫。为了让他安静下来,她给他钱:三法郎二十生丁,简直是

一笔真正的财富了。他望着这些钱,眼睛瞪得老大。

他把钱收下,便任她爱抚了。

接下来的四年里,她就这样把自己的全部积蓄一笔笔都倒在他手里,而他也心安理得地揣进口袋,因为这是他同意让她吻的报酬。一次是三十苏,一次是两法郎,一次是十二苏(她为此难过和羞愧得都哭了,不过这一年的景况也确实太差),最后一次是五法郎,一枚好大好圆的硬币,他都高兴得笑出声来。

除了他,她别的什么也不想;而他呢,也多少有点儿焦急地盼着她来,一看见她就跑着迎上去,把小女孩的心激动得怦怦直跳。

后来他不见了。原来他被送到外地去上中学了。这是她拐弯抹角打听出来的。于是她施展出无数的诡计妙策,

改变父母的路线,让他们恰好在学校放假的时候经过这里。她总算成功了,不过是在费了一年的心机以后。也就是说,她有两年的时间没有见到他。因此,当她又看见他时,她几乎认不出他了:他变化很大,个子长高了,人长得英俊了,穿着镶金纽扣的校服显得十分神气。他却装作没有看见她,高傲地从她身边走过。

她整整哭了两天;从此以后,她就默默忍受着无尽期的痛苦。

她每年都要回来一次。她和他擦肩而过,却连招呼也不敢跟他打;而他呢,甚至不屑看她一眼。她仍然疯狂地爱着他。她对我说:"医生先生,在这个世界上,他是我眼里唯一的一个男人;我甚至不知道还有其他男人存在。"

她的父母去世了。她继续干他们这一行,不过她不是养一条狗,而是养两条,两条没有人敢招惹的恶狗。

有一天,她又回到自己梦绕魂牵的这个村子,远远看见一个年轻女子挽着她的心上人从舒凯家药房出来。那是他妻子。他已经结婚了。

就在这天晚上,她跳进了村政府广场的池塘。一个迟归的醉汉把她救起来，送到药房。小舒凯穿着睡袍下楼来为她医治。他装作根本不认识她，给她脱掉衣服，进行按摩，然后用十分生硬的语调对她说："您疯啦！不应该傻到这个地步呀！"

这就足以把她治好了。因为他居然跟她说话了！她的幸福的感觉持续了好长一阵子。

她无论如何一定要付医药费给他；但是他怎么也不肯接受。

她的一生就这样流逝。她一边修理软垫椅，一边想念舒凯。她每年都要隔着玻璃橱窗望一望他。她养成了去他的药房买零星药品的习惯，因为这样她既可以走到跟前看看他，和他说话，还可以给他钱。

正如我开头对诸位说的，她今年春天死了。她对我原原本本讲述了她的伤心史以后，要求我把她一生省吃俭用节约下来的全部积蓄转交给她数十年如一日挚爱着的那个人。因为，用她自己的话说，她就是为他辛劳的。她常常忍饥挨饿攒下钱，就是为了让他在她死后想到她，哪怕只想到一次也好。

然后，她就交给我两千三百二十七法郎。她咽气以后,我留给本堂神父二十七法郎作为安葬费,把剩下的全部带走了。

第二天,我就到舒凯家去。他们刚吃完午饭,还面对面坐着。夫妻俩都很胖,满面红光,神气而又自得,身上散发出一股药品的气味。

他们请我坐下,给我斟了一杯樱桃酒。我接过酒,就开始向他们讲述这一切。我的语调很激动,我相信他们听了一定会感动得流泪。

舒凯一听我说到这个流浪的女人,这个修软垫椅的女人,这个贫穷的女人曾经爱过他,立刻拍案而起,仿佛她偷走了他的好名声,正派人的尊严,以及他钟爱的荣誉感,一种对他来说比生命还要宝贵的东西。

他太太跟他一样气愤,一迭连声地说:"这个下贱女人!这个下贱女人!这个下贱女人!……"似乎再也找不出别的话来了。

他已经站起来,在饭桌后面大步踱来踱去;他那希腊式睡帽都歪到一边的耳朵上了。他咕哝着说:"您知道这意味着什么吗,医生先生?对一个男人来说,这种事情实在太可怕了!怎么办呢?啊!要是她活着的时候我知道这件事，我早就让宪兵把她抓起来，投进监狱去了。我可以向您担保，她永远也别想出来！"

我本来想着履行一件神圣的义务，却不料落得这样的结果，不禁愕然。我不知道该说什么，更不知道如何做才好了。不过我受人之托，还有一件事要完成。于是我说："她曾经托我把她的积蓄交给您，总共是两千三百法郎。既然我刚才说的事情看来惹您很不愉快，也许最好还是把这笔钱施舍给穷人吧。"

这两口子震惊得目瞪口呆，愣愣地看着我。

我从衣袋里把钱掏出来；这笔令人心酸的积蓄是她走遍各个村镇挣来的，带着她经受过的各种艰辛的印记，有各个国家、各种图案的钱币，有金币，以及杂七杂八的零锎儿。然后我问道："你们怎么决定？"

舒凯太太首先表态："这个嘛，既然这是她——那个女人——的遗愿……我看我们也很难拒绝了。"

她丈夫多少有点儿难为情，不过也接着说："我们总可以拿这笔钱给我们的孩子们买点什么。"

我干巴巴地说："随你们的便。"

他接着说："既然她托您这么做，那就交给我们好了；我们会想办法把它用在什么慈善事业上的。"

我放下钱，就告辞了。

第二天舒凯来找我，开门见山就问："那个……那个女人，好像把她的马车也留在这儿了。那马车，您是怎么处理的？"

"还没处理；您想要的话拿去就是了。"

"好极啦，我正需要；我要用它做菜园子里的窝棚。"

他刚要走，我叫住他："她还留下了那匹老马和两条狗。您要不要？"他吃了一惊，停下来："啊！不要，不要。您看我要它们有什么用呢？您随便处理吧。"他笑嘻嘻地向我伸出手；我只得握了一下。你们说我能怎么办呢？在乡下，医生总不能和药房老板结仇呀。

我把那两条狗留在自己家里。本堂神父有个大院子，他牵走了那匹马。马车让舒凯做了窝棚；他用那笔钱买了五股铁路债券。

我一生中遇到的诚挚的爱情，这是唯一的一桩。

医生讲完了。

这时,侯爵夫人眼里含着泪水,慨叹道:"很明显,只有女人才懂得爱!"

在海上[*]

* 本篇首次发表于一八八三年二月十二日的《吉尔·布拉斯报》,作者署名"莫弗里涅斯";同年首次收入鲁维尔和布隆出版社出版的莫泊桑小说集《山鹬的故事》。

献给昂利·塞阿尔①

最近在报纸上读到如下消息:

滨海布洛涅②一月二十二日讯:

近两年来我们的沿海民众已饱受苦难,现又有一桩可怕的祸事令他们震惊不已。由船主雅维尔驾驶的渔船,进港时被冲向西侧,在防波堤的岩壁上撞得支离破碎。

尽管救生船大力营救,射缆炮射出了缆绳,四个成年人和一个少年见习水手仍旧丧生。

---

① 昂利·塞阿尔(1854—1924):法国作家,以左拉为首的梅塘晚会的参加者之一,莫泊桑的好友;一八八〇年出版的《梅塘夜话》中,有莫泊桑的《羊脂球》,也有他的中篇小说《放血》。
② 滨海布洛涅:简称布洛涅,法国西北部港口城市,濒临拉芒什海峡,今属诺曼底大区加来海峡省。

坏天气仍在继续。人们担心还会发生新的惨祸。

这位雅维尔船主是谁？就是那个独臂人的哥哥吗？

如果这被巨浪卷走，也许已经随着船的残骸葬身海底的可怜人正是我想的这个人，那么十八年前，他也目击过另一场悲剧；那场悲剧像所有这类骇人听闻的海上悲剧一样，总是既可怕而又简单。

大雅维尔那时是一艘拖网渔船的船主。

拖网渔船是渔船中的佼佼者。它坚固，再恶劣的天气都不怕；它的腹部圆圆的，像软木塞一样任凭海浪不住地颠簸；它一年到头出海，一年到头受着拉芒什海峡①带咸味的厉风的鞭打；它鼓起帆，不知疲倦地乘风破浪，一侧拖着一张大网刮过大西洋的海底，把沉睡在岩石间的各种海生小动物：贴在沙子上的平鱼呀，长着钩形爪子的大螃蟹呀，长着尖触

---

① 拉芒什海峡：法国西北部和英国大布列颠南部之间的海峡，英方称英吉利海峡。

须的龙虾呀，统统掀起来，一网打尽。

等风轻浪小的时候，船就开始捕鱼。渔网固定在整条包着铁皮的长木杆上，船的两头有两个辊子，两条绳索在这两个辊子上滑动，把长木杆子放到海里。船呢，就随着风顺水漂流，拖着这副渔具蹂躏和搜刮海底。

雅维尔的船上有他的弟弟、四个成年人和一个少年见习水手。那是一个天气晴好的日子，他从布洛涅出发去撒网。

不料没有多久就起风了；突如其来的狂风迫使拖网渔船逃跑。它逃到英国海岸；但是汹涌的大海拍打着峭壁，冲击着陆地，根本进不了港。小船只得重返大海，回到法国海岸。但是暴风雨仍在肆虐，无法穿过防波堤，而且浪涛、喧嚣和危险包围着所有能够避难的登陆点。

拖网渔船又离开了；它在波峰浪尖上横冲直撞，摇晃着，颠簸着，海水哗哗地流，海浪不断地劈头打来。

不过尽管如此,它仍然情绪高昂,因为它已经习惯了这种恶劣的天气;碰上这种天气,它有时一连五六天在两个邻国之间流荡,在哪一国都靠不了岸呢。

后来,风暴终于平息了。船正好在大海上,所以尽管浪还很大,老板仍然吩咐把拖网撒下去。

巨大的拖网被抬到船舷外边;两个人在前面,两个人在后面,开始用辊子把拴着拖网的绳索往下放,拖网猛地触到海底;但是,一个很高的浪头把船打得倾向一边,正在船头指挥下网的小雅维尔身子趔趄了一下,船身摇晃的一瞬间,他的胳膊夹在松弛了的绳索和滑动绳索的木杆之间。他拼命地使劲,试图用另一只手把绳索略微提一下;但是拖网已经在拖动,紧绷的绳索纹丝不动。

他痛得浑身抽搐,大声疾呼。所有的人都跑了过来,他的哥哥也撂下了舵柄。他们扑向绳索,竭尽全力要把被绳索绞住的那条胳膊解脱出来。没有成功。"只好把绳索砍断了,"一个水手说;他随即从口袋里掏出一把宽背刀,用这把刀只要两下子就可以挽救小雅维尔的胳膊。

但是砍断绳索,也就丢掉了拖网,而这拖网是值钱的,值很多钱,值一千五百法郎。拖网属于大雅维尔,他对自己的财产一向是非常珍惜的。

就像有人要割他的心似的,大雅维尔连忙喊:"别,别砍,等等,我来试试迎着风开。"说罢他跑到舵边,把整个舵柄往下压。

渔船一方面被渔网拖住失去了推动力,形同瘫痪;另一方面受到偏流和风力的牵制,几乎不听人的操纵。

小雅维尔已经痛得跪在地上,咬牙切齿,满眼惊慌。他什么也没有说。他的哥哥一直提防着那个水手的刀,又跑了回来:"等等,等等,别砍,还是把锚抛下去。"

锚抛了下去,整条锚链都放完了,然后开始旋转起锚的绞盘,让拖网的绳索放松。绳索终于松动了,他们把血淋淋的毛呢袖子里的那条已经没有生气的胳膊抽了出来。

小雅维尔好像傻了。人们帮他把上衣脱掉,只见一个可怕的东西,一段碾得烂糟糟的肉,突突直冒血,就像唧筒抽出来的一样。他望着自己的胳膊,低声说:"完蛋了。"

不一会儿,流出的血就在甲板上积成了一汪,一个水手喊道:"他的血都快流干了,应该把血管扎起来。"

于是他们找来一根绳子,一根棕色的涂了焦油的粗绳子,在伤口上方把胳膊捆起来,用力勒紧。血渐渐不再涌了,直到完全止住。

小雅维尔站起来，那条胳膊悬在一侧。他用另一只手抓住它，把它抬起来，转了转，又摇了摇。胳膊整个儿断了，骨头都碎了；只有肌肉还连着这一段残肢。他伤心地打量着它，沉思着。后来，他走到折好的帆篷上坐下来，同伴们建议他不断地浸湿伤口，避免发生黑病①。

有人拎来一桶水放在他身边，他隔一会儿就用玻璃杯舀一些清水，慢慢地浇在令人惨不忍睹的伤口上。

"你到下面去也许好一点。"哥哥对他说。他下去了；可是过了一个钟头他又上来了，因为

---

① 黑病：指坏疽。

他孤单一个人觉着不舒服。再说，他更喜欢外面的新鲜空气。他又在帆篷上坐下，继续用水浇他的胳膊。

捕鱼的收获很好。一堆白肚皮的大鱼躺在他身边，在垂死前急剧地抽搐着。他看着那些鱼，一边不停地往自己烂糊糊的肉上浇水。

就在他们要返回布洛涅的时候，又是一阵狂风大作；小船又开始了疯狂地奔驰，先是高高跃起，然后一个跟头跌下去，不停地摇晃着这个可怜的伤员。

黑夜来临。一直到天亮，天气都很恶劣。太阳升起的时候，他们眺见的又是英国，不过海面已经不那么波涛汹涌，他们于是迂回着向法国方向驶去。

傍晚，小雅维尔把伙伴们叫来，给他们看出现的一些黑斑，那个已经不属于他的身体的断肢部分腐烂的不祥征兆。

水手们一边看,一边发表各自的看法:

"很可能是黑病。"一个说。

"看来要用盐水冲洗。"另一个说。

于是有人拎来了盐水,倒在伤口上。受伤者的脸已经苍白,牙齿锉得嘎嘣响,微微扭动着身子;但是他仍然没有喊痛。

过了一会儿,火辣辣的疼痛减轻些了,他对哥哥说:"把你的刀子给我。"哥哥把刀子递了过去。

"把我的胳膊抬起来,拉直,使劲拉。"

哥哥照他的要求做了。

于是他自己用刀割起来。他割得很慢,都是琢磨好了再下刀,就这样他用像剃刀一样锐利的刀刃割断了最后的肌腱;很快,就只剩下一个残端了。他深深叹了一口气,说:"只好这样。不然我就完蛋了。"

他好像轻松了些,使劲地呼吸着。他又开始向剩下的那段胳膊上浇水。

这一夜天气仍然很坏,无法靠岸。

天亮了,小雅维尔抓起他那段割下来的胳膊,端详了很久。它已经开始腐烂。伙伴们也都围过来看,他们在手上互相传递着这个断肢,摸弄着,翻过来掉过去地看,还有用鼻子闻的。

他哥哥说:"已经到了这个时候,还是扔到海里去吧。"

但是小雅维尔生气了:"啊!不行,啊!不行。我不愿意。这是我的,对不对,既然这是我的胳膊。"

他把断臂抓过来,夹在自己的两腿中间。

"它反正要烂掉。"哥哥说。这时受伤者倒有了个主意。在海上时间长的时候,为了保存鱼,人们总把鱼装在桶里用盐腌起来。

他问:"我能不能把它放在盐水里?"

"这,当然可以。"其他人齐声说。

于是人们把一满桶前两天捕到的鱼倒出来,然后把那段胳膊放到最底下;上面撒上盐,再把鱼一条一条放回去。

水手当中有个人开了个玩笑:"但愿咱们别把它在鱼市上跟鱼一起卖掉。"

除了雅维尔兄弟俩,其他人都笑了。

风还在刮。船朝布洛涅方向迂回着逆风航行,直到第二天上午十点钟。受伤者不停地往自己的伤口上泼着水。

他不时地站起来,从船的这头走到那头。

他哥哥在掌舵,目光随着他,一边连连摇头。

他们终于回到港口。

医生检查了伤口，表示情况良好；给他包扎好以后，嘱咐他好好休息。但是在没有取回他的胳膊以前，雅维尔无论如何也不愿意躺下，所以他急忙赶回港口，找到了他画上十字记号的那个鱼桶。

人们当着他的面把桶倒光；他捡起在盐水里保存得很好的胳膊。那胳膊已经有点起皱，不过还新鲜。他用特地带来的毛巾把它包好，带回了家。

他的妻子和孩子们久久地审视着父亲的这段废肢，摸摸手指头，剔掉指甲缝里残留的盐粒；然后请来一位木匠做了一个小棺材。

第二天，拖网渔船的全体船员都参加了这截断臂的下葬仪式。两兄弟肩并肩走在送葬队伍的前面。本堂的圣器室管理人腋下夹着那段尸体。

小雅维尔不再

出海。他在港口上得到一个低微的职务。后来每谈起他那桩意外事故，他总是悄声跟人吐露这句心里话："如果我哥哥当时肯砍断拖网，我的胳膊本来是能保住的，我敢肯定。但是他太看重自己的财产了。"

一个诺曼底人 *

＊ 本篇首次发表于一八八二年十月十日的《吉尔·布拉斯报》，作者署名"莫弗里涅斯"；一八八三年首次收入鲁维尔和布隆出版社出版的莫泊桑小说集《山鹬的故事》。

献给保尔·阿莱克西①

我们刚出了鲁昂②,轻便马车就在通向于米艾日③的大路上快步小跑起来,穿过一片片草场;接着,马便放慢脚步,攀爬康特勒④高坡。

那里有世界上最壮丽的视野。我们身后是鲁昂,教堂之城,林立的哥特式钟楼像象牙小摆设一样精雕细琢;对面是

---

① 保尔·阿莱克西(1847—1901):法国作家,《人民呼声报》记者,左拉的门徒,以左拉为首的梅塘晚会的参加者之一,莫泊桑的好友;一八八〇年出版的《梅塘夜话》中,有莫泊桑的《羊脂球》,也有阿莱克西的中篇小说《战役之后》。
② 鲁昂:法国西北部的重要都会,原为诺曼底省省会,现为诺曼底大区首府和滨海塞纳省省会。
③ 于米艾日:法国市镇,距鲁昂二十多公里。
④ 康特勒:法国市镇,距鲁昂约五公里,在今诺曼底大区滨海塞纳省,福楼拜的住所克鲁瓦塞就位于境内,他在这里住了三十五年,莫泊桑年轻时常来此地拜访他的导师。

圣瑟维①，工场的城厢，千百根烟囱浓烟滚滚直上天空，和老城的千百座神圣的小钟楼相映成趣。

这边是主教座堂②的尖塔，人类建筑物的最高峰；那边是雷霆麻纺厂③蒸汽机的水塔，它的几乎同样崇高的对手，甚至比最大的埃及金字塔还高出一米。

塞纳河在我们眼前蜿蜒伸展，河中间分布着几个小岛，右边是白色的悬崖，顶上戴着一个森林的桂冠；左边是连绵

---

① 圣瑟维：鲁昂的一个街区，商业中心和行政中心，位于塞纳河左岸。
② 主教座堂：鲁昂的天主教主教座堂（1035始建—1506建成）称作圣母大教堂，是鲁昂最宏伟的历史性建筑物，总体为哥特式风格，其中间的尖塔高达一五一米。
③ 雷霆麻纺厂：位于鲁昂市塞纳河左岸，建于十九世纪四十年代，是当时法国此类工厂中规模最大的；其动力锅炉取自塞纳河上的雷霆号拖船。其烟囱和主教座堂的尖塔相映成趣。

的草场，草场尽头，远处，很远很远处，是另一个森林。

这里那里，沿着宽阔河流的长长堤岸停泊着许多大船。三艘巨大的轮船向勒阿弗尔①鱼贯而下；一艘三桅帆船、两艘双桅纵帆船和一艘双桅横帆船组成的船队，由一艘吐着黑色烟云的小拖轮牵引着，向鲁昂逆流而上。

我的同伴是本地出生的，他甚至都不看一眼这令人惊叹的景致；但是他不停地微笑着，像是在暗自得意地微笑。他突然高呼："啊！您就要看到有趣的东西了：马蒂厄老爹的小教堂。老兄，那真是太有意思了。"

我用惊奇的目光看了他一眼。他接着说：

"我要让您闻一点诺曼底气味，管保您的鼻子闻了再也忘不掉。马蒂厄老爹是本省最了不起的诺曼底人，他的小教堂是不折不扣的世界奇迹之一。不过我要先跟您介绍几句。"

马蒂厄老爹，人们又叫他"酒罐子"老爹，是个退伍还乡的上士。他把兵油子的吹牛说大话和诺曼底人的

---

① 勒阿弗尔：法国西北部城市，濒临拉芒什海峡，法国第二大港口，塞纳河出海口，现属诺曼底大区滨海塞纳省。

狡黠奸诈，以恰如其分的比例集于一身，构成一个完美无缺的整体。他回乡以后，靠着多方的支持和难以置信的灵活，当上了一个显圣迹的小教堂的看守人。这个教堂受圣母保护，常来的都是些怀孕的女孩。他给这个神奇的雕像起名叫"大肚子圣母"，对她很随便，挖苦嘲讽但不失敬意。他亲自编了一篇颂扬"善良圣母"的别具一格的祈祷文，还让人印了出来。这篇祈祷文堪称并非故意嘲弄的杰作，充满诺曼底人的机智，讥讽里掺杂着对圣人的恐惧，对某种神秘力量的迷信的恐惧。他并不怎么信仰他的这位女主保圣人；不过出于谨慎，他多少有点相信，由于策略上的需要，他对她还是留些情面的。

这篇惊人的祈祷文这样开头：

我们贞洁的圣母马利亚夫人，本乡和全天下怀孕女孩的天然守护者，请您保佑由于一时大意而犯下过错的信女吧。

这篇请愿书这样结束：

　　务必请您在您神圣的丈夫面前别忘记我，请您在天主圣父面前说个情，让他赐给我一个像尊夫一样的好丈夫。

这篇祈祷文遭到本地教士的禁止，于是他在私下里卖；以虔敬的语调诵读过它的信女们都认为对身心皆益。

总之，他谈到善良圣母，就像一个威严的王公的贴身仆人议论主人一样，连隐私的小秘密都泄露无遗。他知道一大堆有趣的事儿，喝了酒，朋友之间，他会低声说个没完。

不过您还是自己去看吧。

女主保圣人提供的收入在他看来还不够多，于是他在圣母为主之外还附带用次要的圣人做点小生意。所有的圣人，或者几乎所有的圣人，他都有。小教堂地点不够，他就把他们安置到堆放木柴的地方，有信徒需要就立刻从那儿取出来。他亲手制作这些木头小雕像，模样有趣极了。有一年，有人替他的房子刷浆，他趁便把他们浑身涂上绿颜色。您知道，圣人是能给病人治病的；但是每个圣人有他的专科，不能混淆，也不能搞错。他们像那些蹩脚而又傲慢的戏子一样，彼此之间嫉妒得很呢。

为了不搞错，老年信女都来向马蒂厄打听。

"耳朵有毛病，哪个圣人最好？"

"当然是圣奥西姆；不过圣潘菲尔①也不错。"

这还不是全部。

马蒂厄有剩余的时间，他就喝酒；但是他喝酒很讲究艺术，而且信心十足，每天晚上都一醉方休。他醉了，但是他知道自己醉了，而且每天都记下他醉的准确程度。这是他的主要活计，其次才是小教堂。

他还发明了——请您听好，别掉链儿——他还发明了醉度计。

这种仪器实际上并不存在，但是马蒂厄的观测实在像数学家一样精确。

您会不停地听见他说："从星期一起，我每天都超过四十五度。"

或者："我那时在五十二度到五十八度之间。"

---

① 圣潘菲尔：腓尼基的一个基督教传教士，三〇九年封圣。

或者:"我那时在六十六度到七十度之间。"

或者:"真见鬼,我那时以为有五十度,可我现在发现是七十五度!"

他从来都不会弄错。

他断言他没有达到过一百度;不过由于他承认超过九十度他的观测就不再准确,所以很难绝对相信他说的话。

当马蒂厄承认超过了九十度,请放心,他已经烂醉如泥。

这时候,他的妻子梅丽,另一个活宝,就会愤怒得发狂。她在门口等着他;见他回来,她就破口大骂:"你总算回来啦,坏蛋,臭猪,醉鬼!"

这时马蒂厄就不再笑了,而是杵在她面前,声严色厉地说:"闭嘴,梅丽,

现在不是唠叨的时候。明天再说。"

如果她继续号叫,他就逼近她,声音颤抖着警告说:"别咋呼啦;我现在是九十度;我已经控制不住自己了;你当心,我要揍人了!"

于是梅丽就打退堂鼓。

如果第二天她想回到这个话题上来,他会冲着她的鼻子嘲笑着,回答:"好了,好了!说得够多了;过去就过去了。只要我没到一百度,就没问题。当然,如果我过了一百度,听凭你处罚,我发誓!"

说话间我们已经到达高坡顶上。大路钻进优美的卢马尔森林①。

秋天,美妙的秋天,把它的金色和紫红色掺进仅剩的依然鲜艳的绿色,就像太阳融化了,有几滴从天上流进浓密的树林。

穿过杜克莱尔②以后,我的朋友不是继续往于米艾日方

---

① 卢马尔:法国市镇,距鲁昂约十二公里。
② 杜克莱尔:法国市镇,距鲁昂约二十公里。

向走，而是向左转上一条小路，进入一片再生的矮林。

不久，从高坡顶上，我们重又看到美好的塞纳河谷和那条在我们脚下蜿蜒伸展的河。

右边有一座很小的建筑物，石板瓦的屋顶，上面有一个像阳伞那么高的钟楼。这小小的建筑物背靠一座有绿色百叶窗的漂亮的房子，墙上爬满了忍冬和蔷薇。

一个粗嗓门喊道："朋友们来啦！"马蒂厄出现在门口。他有六十岁上下，瘦瘦的，留着一撮山羊胡子和长长的白髭须。

我的同伴跟他握过手，向他介绍了我，马蒂厄就把我们让进一间凉爽的厨房，这厨房他也用作客厅。他说：

"先生，我没有精致的成套房子。我不喜欢离开我的饭菜。您瞧，这些锅都是我的伴儿。"

接着，他转向我的朋友，说：

"你们为什么偏在星期四来呢？您明明知道这是我的主保圣人治病的日子。我今天下午不能出去。"

说完，他跑到门口，发出一声号叫："梅丽——丽——丽！"这喊声是那么可怕，能把在低洼的河谷里沿河上溯或者下行的船上的水手都震得抬起头来。

梅丽却没有应声。

马蒂厄于是狡黠地眨了眨眼睛。

"她对我不高兴了,因为昨天我上了九十度。"

我的同伴笑了:"九十度,马蒂厄!您怎么搞的?"

马蒂厄回答:

"我这就说给您听。去年我只弄到二十拉吉埃尔[①]的杏苹果。现在这种苹果越来越少了;但是做苹果酒,这是最好的。我酿了一桶,昨天打开龙头尝了尝。要说美酒,这才叫美酒;您待会儿说说看这酒怎么样。波利特[②]当时赶巧在我这儿;我们喝了一杯又一杯,没个够(这种酒能一直喝到第二天),一杯又一杯,一直喝到我胃里凉飕飕的。我对波利特说:'是不是来杯烧酒暖暖胃!'他同意了。可是这烧酒,它让你身子里烧得慌。于是又回头喝苹果酒。就这样,凉一阵热一阵,热一阵凉一阵,我发现我到了九十度。波利特离一百度也不远了。"

门开了。梅丽出现。她没有向我们问好,直接就呵斥道:"……臭猪,你们俩都到了一百度。"

---

① 拉吉埃尔:法国古代的度量单位,约等于七十升。
② 波利特(Polyte)是伊波利特(Hippolyte)的简称。

马蒂厄生气了:"别这么说,梅丽,别这么说;我从来没有到过一百度。"

就在门前,两棵椴树下,他们请我们吃了一顿丰盛的午餐。旁边是"大肚子圣母"小教堂,对面是一望无际的美景。马蒂厄用嘲讽的口吻而又令人意外地夹杂着轻信的成分,给我们讲了不少匪夷所思的奇迹故事。

我们喝了很多苹果酒;这是他酒中的最爱,的确又美味,又刺激,又香甜,又清凉,而且醉人。我们正倒骑在椅子上,抽着烟斗,这时来了两个女人。

这是两个老年人,干巴瘦,腰弯背驼。她们打过了招呼,就求见圣布朗。马蒂厄向我们眨了眨眼睛,回答:

"我这就给你们找来。"

说完,他就走进柴房。

他在里面待了足有五分钟;然后,他神情沮丧地回来,抬起胳膊,说:

"我不知道他到哪儿去了,我没有找到;不过我肯定我有。"

于是,他用两只手做成喇叭形,又吼叫:"梅丽——丽——丽!"他妻子从院子里头回答:

"什么事?"

"圣布朗在哪儿？我在柴房里没找到。"

梅丽于是远远抛来这句话：

"是不是你上星期拿去堵兔子房窟窿的那一个？"

马蒂厄打了个激灵："天哪，很可能！"

于是他对两个女人说："请跟我来。"

她们跟了去。我们笑得喘不过气来，也跟过去。

果然，圣布朗像一根普通的木桩一样插在地上，当作兔子房一个拐角的支柱，沾满了泥巴和污垢。

两个信女一看见圣布朗就扑通跪下，画着十字，念起经来。不过马蒂厄连忙说："等等，你们跪在兔子粪里了；我给你们找一捆麦秸来。"

他去找来麦秸，给她们做了一个跪垫。然后，他打量着脏兮兮的圣人，大概是怕

东西。《社会契约论》《新爱洛绮丝》,为推翻古老的习俗和偏见、陈腐的法律和愚蠢的道德做了准备的那些探讨哲学的书,他全都烂熟于心。

看样子,他爱我母亲,我母亲也爱他。他们的这种关系非常隐秘,没有引起任何人的怀疑。这个被人冷落、郁郁寡欢的女人,很可能疯狂地爱上了他,而且从和他的接近中接受了他的全部思想方式、感情自由的理论以及自主爱情的勇气。不过,她又是那么害怕,连高声说话都不敢,因此只能把这一切都隐藏、压抑、紧缩在心里;她的心扉从来不能向人敞开。

我的两个哥哥也像他们的父亲一样对她很凶,从来没有过亲情的表示,而且习惯了把她看作家里的一个无足轻重的人,待她多少有点像对待一个用人。

在她的儿子中间,只有我真心爱她,她爱的也只有我。

她死了。那时我十八岁。为了便于您了解后来发生的事,我有必要在这里补充几句:由于她丈夫受到指定监护人的监护①,他们未曾问签过一份对我母亲有利的分产声明;而且由

----

① 惯例把丈夫为失去行动能力的人指定监护人。

从抽屉里取出一份陈旧的文件,打开来吻了好一会儿,然后接着说:

"这就是我亲爱的母亲的遗嘱。"

我,以下署名者安娜－卡特琳娜－热纳维耶芙－玛蒂尔德·德·克鲁瓦吕斯,让－莱奥波德－约瑟夫－贡特朗·德·库尔西勒的合法妻子,身心健康,谨在此表达我的最后愿望。

我首先请求天主饶恕,其次请求我心爱的儿子勒内饶恕,饶恕我即将做的事。我相信我的儿子深明大义,能够理解我和饶恕我。我一生历尽磨难。我丈夫出于他个人的算计娶了我,婚后他又轻蔑我、虐待我、压迫我,并且一再欺骗我。

我现在原谅他,但是我什么也不欠他的了。

我的两个大儿子根本没有爱过我,根本没有孝敬过我,几乎没有把我当母亲看待过。

我在世的时候,对他们尽了我应尽的责任,我死后再也不欠他们什么了。如果没有持之以恒的、神圣的、每日每时的爱心,血缘关系也就毫无意义了。一个专门

我的前两个儿子的父亲是德·库尔西勒先生，只有勒内是德·布尔纳瓦尔先生所生。我乞求人类及其命运的主宰让他们父子能够超越各种社会偏见，让他们终生相爱并且在我故去以后依然爱我。

这就是我最后的思想和最后的愿望。

玛蒂尔德·德·克鲁瓦吕斯

德·库尔西勒先生站起来，吼道："这简直是疯子的遗嘱！"

德·布尔纳瓦尔先生向前走了一步，用洪亮的声音斩钉截铁地宣告："我，西蒙·德·布尔纳瓦尔，声明这遗嘱中所说的完全是事实。在任何人面前我都可以确认这是事实，而且可以用我手里的这些信证明这一点。"

勒内站起来，走了几步，然后在我面前停下："喂！我要说，我母亲的遗嘱，是一个女人所能完成的最美好、最光明磊落、最伟大的事情。您是不是有同感？"

我向他伸出双手，说："是的，当然，我的朋友。"

* 本篇首次发表于一八八二年十月三十一日的《高卢人报》；一八八三年首次收入鲁维尔和布隆出版社出版的莫泊桑小说集《山鹬的故事》。

献给奥克塔夫·米尔博[①]

在离一个小温泉城不太远的地方,在一个小山脚下,并排立着两座茅屋。两个庄稼汉,为了养活他们所有的孩子,在贫瘠的土地上辛勤地劳动。他们每家都有四个孩子。一大群吵吵嚷嚷的孩子,从早到晚在两家相邻的门前玩耍。两个最大的有六岁,两个最小的大约十五个月;这两个家庭的大人结婚和后来生孩子,时间都差不多相同。

两个母亲勉强能从孩子堆里辨认出自己的产品,两个父亲更弄不清。经常搅和

从罗勒波尔温泉站过来，两座房屋的第一座住的是蒂瓦什一家，他们有三个女孩和一个男孩；另一座破房子里住着瓦兰夫妇，他们有一个女孩和三个男孩。

他们全靠浓汤、土豆和大自然里的空气艰难地活命。早上七点，中午十二点，晚上六点，两家的主妇就像养鹅人赶鹅似的，把孩子们吆喝到一块儿分发饲料。孩子们按年龄大小坐在一张用了五十年、已经磨得发亮的桌子前面。坐在最后的男孩嘴刚够得到桌面。他们每人面前都放着一个深底的盘子，盛满了泡在汤里的面包；汤是用土豆、半颗白菜和三个葱头煮的。这一排孩子都吃得饱饱的。最小的一个由母亲亲自喂。星期日，汤里会放一点牛肉，这对大家来说就是一次盛宴；那一天，父亲会在饭桌上迟迟不肯离开，还一遍遍说："我真想每天都这么吃。"

八月的一个下午，一辆轻便马车突然在两座茅屋前停下，一个年轻女人亲自驾着车，对坐在

一天上午，到了以后，她丈夫跟她一起下了车。孩子们现在已经跟她很熟了；可是她没有在孩子们那儿停留，而是直接进了乡下人的家。

他们都在家，正在劈柴准备做饭。他们十分意外，站直了身子，连忙搬椅子让他们坐，等待着。于是那年轻的女人，用断续而又颤抖的声音开始说：

"好人们，我来找你们，因为我很想……我很想带他……你们的小儿子……"

乡下人没明白是怎么回事，目瞪口呆，没有回答。

她镇定了下来，接着说：

"我们没有孩子；我丈夫和我，很孤单……我们想把他留下……你们愿意吗？"

那个农妇开始明白了。她问：

平的声音。

瓦兰夫妇正在吃饭，两人之间放着一碟黄油，他们用刀刮下一点儿来，十分节省地涂在面包片上，慢吞吞地吃着。

德·于比埃尔先生又开始陈述他的提议，不过这一次说得更婉转、更谨慎、更巧妙。

两个乡下人摇着头表示拒绝，但是得知他们每个月会得到一百法郎时，他们互相用眼睛沟通着、询问着，已经很有些动摇了。

他们心乱如麻，犹豫不决，沉默了很久。最后妻子问道："当家的，你说怎么样？"

他正色直言地说：

"照我说这一点儿也不丢脸。"

已经担心得发抖的德·于比埃尔夫人便跟他们谈起了小家伙的未来，他的幸福，以及他以后会给他们的钱。

那庄稼汉问：

"这每年一千二百法郎的赡养费，会在公证人面前立字据吗？"

德·于比埃尔先生回答：

"当然啰，明天就开始算。"

农妇琢磨了一下,接着说:

"每月一百法郎就把我们孩子拿走,这太少了一点;过几年这孩子就能干活了;我们要一百二十法郎。"

德·于比埃尔夫人已经急得直跺脚,立刻表示同意;她那么想立刻就带着孩子走,丈夫在写字据的时候,她又加送了一百法郎作为礼物。村长和一个乡亲立刻被请来,做了成全好事的证人。

年轻女人乐不可支,抱走了吱哇喊叫的孩子,就像从商店里买走一个期望已久的小玩意儿似的。

蒂瓦什夫妇正站在门口,看着那孩子被抱走;他们一言不发,神情严肃,也许在为自己的拒绝而后悔吧。

从此就再也没有听人说起小让·瓦兰了。他的父母每个月去公证人那儿领他们的一百二十法郎,与此同时,他们跟自己的邻居闹翻了,因为蒂瓦什大婶骂他们无耻,还挨门串户地对人说:只有丧失了人性才会卖掉自己的孩子,这实在是一件骇人听闻的事,一件卑鄙肮脏的事,一件伤风败俗的事。

有时候她还会炫耀地抱着她的夏洛,似乎他听得懂似的,大声对他说:

"我可没有卖掉你,我可没有卖掉你,我的小心肝。我,我才不卖自己的孩子呢。我没有钱,可我不卖我的孩子。"

过了一年又一年,她天天都这样在门前含沙射影地大声辱骂,好让骂声传进邻居的屋里。到最后,蒂瓦什大婶甚至自以为比当地所有的人都高出一等,因为她没有卖掉夏洛。谈起她的人都说:

"我知道那条件很诱人;不管怎么样,她当时的表现确实像个好母亲。"

大家都夸赞她;而已经十八岁的夏洛,就是在人们不断对他重复这赞扬声中长大,也自认为比伙伴们都高一等,因为他没有被卖掉。

瓦兰夫妇靠着赡养费生活得很自在。蒂瓦什夫妇那无法平息的愤怒就由此而来:因为他们仍然很穷苦。

他们的长子服兵役去了。第二个儿子死了;只剩下夏洛,和年老的父亲一起吃苦受累地养活母亲和两个妹妹。①

他二十一岁那年,一天早上,一辆华美的马车停在这两

---

① 本篇故事开始时,作者说蒂瓦什夫妇有三个女孩和一个男孩,与此处有出入。

座茅屋前面。一个挂着金表链的年轻绅士从车上下来,搀扶着一个白发的老妇人。老妇人对他说:

"我的孩子,那边,第二个房子。"

于是他像回到家一样走进瓦兰的破房子。

老妈妈正在洗围裙,腿脚不灵的父亲正在壁炉旁打盹儿。老两口抬起头来,这时年轻人说:

"你好,爸爸;你好,妈妈。"

他们十分惊讶,站起来。农妇激动得手里的肥皂都掉进水里了。她喃喃地说:

"是你吗,我的孩子? 是你吗,我的孩子?"

他搂住她,亲吻她,重复着:"你好,妈妈。"这时,尽管老头儿全身哆嗦着,却仍以他从来不会失去的平静语调说:"你回来啦,让?"仿佛就在一个月前还见过他似的。

他们相认以后,父母立刻就要带着儿子在当地露露脸。

他们领他去见了村长,见了村长助理,见了本堂神父,见了小学老师。

夏洛站在自家的茅屋门前,看着他走过去。

晚上,吃晚饭的时候,他对两个老人说:

"你们一定是傻瓜,才会让人家把瓦兰家的小儿子领走。"

母亲执拗地说:

"我们绝不出卖自己的孩子。"

父亲什么也没说。

儿子又说:

"就这么被牺牲掉岂不是太倒霉了吗!"

蒂瓦什老爸这才生气地说:

"你难道要责怪我们把你留下了吗?"

年轻人粗暴地回答:

"是的,我就是要责怪你们,你们只不过是些糊涂蛋。有你们这样的

父母，真是孩子的不幸。要是我离开你们，也是你们的报应。"

老妇人哭得眼泪都流到汤盘里了。她一边喝着每每弄撒了半勺的菜汤，一边呜咽着说：

"累死累活把孩子们养大，不易啊！"

小伙子生硬地说：

"与其像现在这样，还不如不生下来。刚才，当我看见那个人时，我真是火透了。我心想：本来那个人应该是我。"

他站起来，说：

"唉，我觉得我最好还是别待在这儿了，否则我会从早到晚责怪你们，会让你们活得很苦。这件事，你们也看得出，我永远不会原谅你们！"

两个老人垂头丧气，泪水汪汪，哑口无言。

他接着又说：

"不行，想到这件事，太让人痛苦了。我宁愿到别的地方去谋生！"

他拉开门，一片喧哗声传了进来。瓦兰家正在欢庆儿子的归来。

于是夏洛跺了一下脚，转身冲着父母，大吼一声：

"可怜虫，见鬼去吧！"

他便消失在黑夜里。

公鸡报晓 *

* 本篇首次发表于一八八二年七月五日的《吉尔·布拉斯报》，作者署名"莫弗里涅斯"；一八八三年首次收入鲁维尔和布隆出版社出版的莫泊桑小说集《山鹬的故事》。

献给勒内·毕约特[①]

贝尔特·德·阿旺塞尔夫人始终没有对她的忘乎所以的仰慕者约瑟夫·德·克鲁瓦萨尔男爵让步,尽管他苦苦恳求。冬天在巴黎轰轰烈烈地追求过她以后,眼下他又在诺曼底卡尔维尔[②]自己的城堡为她举行一次次宴会和狩猎。

像往常一样,她的丈夫德·阿旺塞尔先生什么也没看见,什么也不知道。据说由于他体力不济,而夫人对此又绝不宽容,他和妻子是分居的。这是个矮小肥胖的男人,头顶光秃,短胳膊短腿短鼻子,什么都短。

相反,德·阿旺塞尔夫人是个身材高挑的少妇,褐色的头发,行事果断。她经常冲着鼻子大声嘲笑当众叫她"管家

[①] 勒内·毕约特(1846—1914):法国画家,以绘画巴黎和巴黎近郊的风景著称;莫泊桑年轻时在塞纳河上划船时的好友中的一员。

[②] 卡尔维尔:昔日一个独立的法国市镇,位于今诺曼底大区卡尔瓦多斯省。

夫人"的丈夫，而带着诱人的柔情看着对她着迷的求爱者约瑟夫·德·克鲁瓦萨尔男爵的宽宽的肩膀、壮实的脖颈和金黄色的长胡子。

不过她还什么都没有应允他，男爵却在为她倾家荡产。这时，他正不停地组织宴会、狩猎和各种新奇的玩乐，遍邀周围城堡的贵族前来助兴。

整个白天，猎犬吠叫着在树林里奔跑，追赶狐狸和野猪；每天晚上，耀眼的烟花将火的彩羽混入星星，灯火通明的客厅窗户向宽广的草坪投下缕缕亮光，亮光里人影绰绰。

这是秋天，橙黄色的季节。落叶像鸟儿一样纷飞。可以闻到空气里拖带的潮湿裸露的泥土的气味，就像闻到舞会后倩女脱下连衣裙时赤裸的肉体散发出的气味。

今年春天的一次晚宴上，德·克鲁瓦萨尔先生又用他的恳求骚扰她的时候，德·阿旺塞尔夫人曾经回答他："我的朋友，即使我要失足，也不会在落叶以前。今年夏天我要做的事情太多了，没有时间。"他想起了这句大胆的玩笑话，于是每天都逼近一点，在大胆的美人心里赢得一步；而她对他的抵抗，似乎也只是装装样子而已。

第二天就要举行一次大狩猎，贝尔特夫人笑着对男爵说："男爵，如果您能杀死一头猎物，我会有点东西给您。"

天刚亮他就起来，去搜寻离群的野猪藏身的地方。他陪着管猎犬的仆人，布置后备的猎犬，为获得胜利而亲自组织一切。出发的号角一吹响，他就穿着暗红色饰金线的紧身猎装出现了，腰部紧裹，上身魁伟，两眼有神，容光焕发，精神抖擞，就像刚刚起床一样。

猎人们出发了。被赶出巢穴的野猪穿过荆棘逃跑了，后面跟着狂吠的猎犬；男女骑士们跨马在林中的羊肠小道上奔驰；几辆车远远跟随着打猎的队伍，在松软的大路上悄无声息地行进。

德·阿旺塞尔夫人狡黠地把男爵挽留在自己身边，放慢步子，落在后面，走在一条直且长得望不到尽头的林荫路上。

路两边的四排橡树弯着腰,搭成一道拱廊。

爱情和打猎让男爵心挂两头,他一只耳朵听着少妇连讥带讽的絮叨,另一只耳朵追随着逐渐远去的号角的歌唱和猎犬的吠声。

"您是不是不爱我了?"她问。

他回答:"您怎么会这样说?"

她接着说:"好像您更关心打猎,而不是我。"

他叫苦道:"您不是命令我亲自杀死一头猎物吗?"

她郑重地接着说:"我当然看重这一点,而且必须当我的面杀死这头猎物。"

他不由得在马鞍上一阵战栗,马刺把马刺得直蹦;他再也忍不住了,说:"不过,哎呀!夫人,如果我们总留在这儿,这是办不到的。"

但是她仍然把手搭在他的胳膊上,轻轻抚摸着他,就像在不经意地捋着她的马的鬃毛，柔声细语地和他说着话。

她突然笑着向他抛出一句："您必须这样做……否则……您就活该了。"

接着，他们往右一拐，走上一条绿荫覆盖的小路。为了躲闪一个挡路的树枝，她忽然向他俯下身子，挨得那么近，他感到脖子被她的头发蹭得痒痒的。他猛地把她搂在怀里，把自己的大唇髭紧紧贴在她的耳鬓，疯狂地连连吻她。

她起初并不挣扎，一动不动，任凭他狂烈地抚爱；接着，她身子猛地一动，扭过头来，不知是偶然还是故意，她的小嘴唇在他的金黄色髭须的瀑布下和他的嘴唇相遇。

很快，不知道是害羞还是后悔，她用鞭子猛抽她的马肚子，马纵蹄疾驰起来。他们这样走了很久，连目光也没有交换一下。

狩猎的喧嚷声越来越近；矮树丛似乎在颤抖。忽地，一只浑身是血的野猪冲断树枝，突破猎犬的重围，跑了过去。

男爵见状，发出一声胜利的欢呼："爱我的跟我来啊！"他就像被树林吞没了似的，消失在矮树林中。

几分钟以后，她来到一片林中空地后面，只见他浑身污泥，从地上爬起来，上衣已经撕裂，两手沾满了血；而躺着的野兽肩膀上有一把猎刀，一直插到刀的护手。

在火把的照耀下，在温和而又伤感的夜色里，猎犬当场就分食了一部分猎物。月光给火炬的红色火焰蒙上一层淡黄色；火炬含有树脂的烟雾把黑夜变成了褐色。猎犬吠叫着，撕斗着，争食着野猪已经发臭的内脏。管猎犬的仆人和打猎的绅士们使劲吹着号角，围观着。号声在明亮的夜间升到树林的上空，一波波的回声逐渐远去，直到消失在远方的峡谷里，惊醒了惶恐不安的鹿、尖声急叫的狐狸，吓坏了在林中空地嬉闹的灰色野兔。

被惊起的夜鸟在疯狂争食的猎犬的上空蹿来蹿去。这欢乐而又残暴的场面让女人们心情激动，不等猎犬结束它们的盛宴，她们已经轻轻挽着男人的胳膊离开，走到林中的小路上去了。

一整天的奔波和缠绵把她弄得意兴阑珊,德·阿旺塞尔夫人对男爵说:

"我的朋友,您愿意在花园里兜一圈吗?"

他没有回答;他虽然浑身无力,还是哆哆嗦嗦地拖着她走起来。

可是他们马上就拥抱在一起。树叶已经几乎脱光,他们在树枝间洒下的月光下慢步走着;他们的爱情,他们的欲望,他们搂抱的需要,变得那么强烈,他们几乎倒在一棵树的脚下。

号角不再吹响。精疲力竭的猎犬已经在狗窝里睡着。"我们回去吧。"少妇说。

他们就往回走。

走到城堡前面的时候,她有气无力地小声说:"我的朋友,我太累了,我要去睡觉了。"他张开臂膀想和她最后吻一下,她却连忙逃走了,临别时对

他说了一句:"不……我要去睡觉了……爱我的来找我!"

一个小时以后,整个城堡一片死寂,男爵蹑手蹑脚地从自己的房间走出来,去轻叩他女友的门。见她不回答,他就试着推开门。门闩没有插上。

她倚在窗边,正在遐想。

他跪在她膝旁,隔着睡裙狂吻她的膝盖。她一言不发,只把纤细的手指,像抚慰他一样,插进男爵的头发。

突然,她就像下定了一个决心似的,挣脱出来,神情果断地低声说:"我就回来,您在那儿等着我。"她在黑暗中用手指着房间深处那个床的模糊的白影。

他不知所措,于是用颤抖的手摸索着,迅速脱掉衣服,钻进凉丝丝的被窝。他舒展开身子,劳累的身体在被窝的抚慰下感到那么惬意,他几乎忘掉了他的女友。

然而她并没有回来,大概是故意让他受受煎熬,以此为乐。他在极度的舒适中闭着眼睛;他在对久已渴望的事情的甜蜜期待中乐滋滋地胡思乱想。他的四肢渐渐麻木,头脑变得模模糊糊,飘忽不定。强烈的倦意终于把他压垮;他睡着了。

他睡得很沉,那是猎手筋疲力尽时无法抑制的困意。他一直睡到拂晓。

因为窗户一直半开着,突然传来在附近树上栖息的公鸡的打鸣声。这响亮的啼声把男爵吓了一跳,他猛地睁开眼睛。

他发现自己睡在一张从未见过的床上,一个女人的身体挨着他,他不禁大吃一惊。但他什么也想不起来了,便在沉睡乍醒的慌乱中结结巴巴地说:

"怎么回事?我这是在哪儿?发生了什么事?"

那个女人根本没有睡;她看着这个头发蓬乱、眼睛通红、嘴唇厚厚的男人,用对自己的丈夫说话的那种呼幺喝六的语气回答:

"什么也没有。是公鸡报晓。继续睡吧,先生,这跟您没关系。"

一个儿子 *

＊　本篇首次以《生父不详》为标题发表于一八八二年四月十九日的《吉尔·布拉斯报》，作者署名"莫弗里涅斯"；一八八三年首次以现题收入鲁维尔和布隆出版社出版的莫泊桑小说集《山鹬的故事》。

献给勒内·梅泽鲁瓦[①]

两个老朋友在花园里散步。花园里百花吐艳，欢乐的春天生机盎然。

一位是参议员，另一位是法兰西学院[②]院士。两个人都神态庄重，言谈条分缕析而又冠冕堂皇，不愧是有地位有名望的人士。

他们起初谈的是政治，各抒己见，不过谈的不是"观念"，而是人，因为在政治方面，人格之重要总是超过"理性"。继而他们又提起了几件往事；然后他们就沉默不语，

[①] 勒内·梅泽鲁瓦：勒内-让·图森男爵（1856—1918）的笔名。他是莫泊桑的朋友和在埃特尔塔的邻居。莫泊桑长篇小说《漂亮朋友》的主人公杜洛阿即以他为原型。莫泊桑为他的小说作过序。
[②] 法兰西学院：成立于一六三四年，旨在"完善和发扬文字"，由四十名终身院士组成。

肩并肩继续散步。空气温和，他们都有些懒洋洋的。

一个圆形大花坛种满桂竹香，散发着甜蜜优雅的香味。一片品种繁多、色彩缤纷的花儿，在微风中喷发着芬芳。还有一棵金雀花树，挂满了一串串黄花，随风播散着细腻的花粉；这闻起来如蜂蜜似的金色粉尘，就像调香师造出的扑面香粉一样芳香，把带着香味的种子撒向空间。

参议员停下来，深深吸了一口空气中飘浮的富有繁殖力的尘雾，端详着那棵像太阳一样灿烂、扬散着生命胚芽的爱情之树。他感慨道："想起来真有意思，这些肉眼几乎看不见的芳香原子，居然要到数百里以外去创造生命，让雌树的纤维和汁液颤动，生出有根的生物。这些新的生物像我们一样由一个胚芽萌生出来，像我们一样会死去，而且总是像我们一样会由其他同种的生命来取代！"

说完，参议员就在这风华正茂的金雀花树前凝神伫立。每一阵微风都会撩起一股宜人的芳香。他又说道："啊！老兄，如果要您计算计算您有过多少孩子，您一定会感到为难。可瞧瞧这一位，人家轻而易举地繁衍后代，毫不内疚地撒手不管，再也不用操心。"

院士说："我们还不是一样，朋友。"

参议员接着说:"是的,我不否认,我们有时也会撒手不管,但我们至少知道有过这么回事,而这正是我们的优越之处。"

院士摇摇头说:"不,我说的不是这个。您想呀,亲爱的朋友,世界上几乎没有一个男人没有几个自己不知道的孩子。这些所谓'生父不详'的孩子,几乎都是他无意中生出来的,就像这棵树繁殖后代一样。

"如果要我们计算一下跟我们有过关系的女人到底有多少,我们会跟这棵金雀花树同样感到为难。不是吗,为了给它的后代编号,您刚才还在研究它呢。

"在十八岁到四十岁这段时间里,把那些短暂的幽会、只有一个钟头的接触都算在内,我们完全可以坦承,我们跟两三百个女人有过……亲密的关系。

"那么,朋友,跟这么多女人发生过关系,您敢说您就没让一个女人怀过孕?您敢说您没有一个抢劫杀害过像我们这样的正派人的坏蛋儿子,如今正流落街头或者在蹲监狱?您敢说没有一个女儿身陷淫窟;或者算她走运,被生母抛弃,正在哪一家当厨娘?

"另外,您再想想看,几乎所有我们称为'妓女'的女人，都有一两个连她们也说不清父亲是谁的孩子，这些孩子都是从那些一二十法郎一次的拥抱中偶然沾上的。各行各业的人都有盈利和亏损。这些孩子就是她们这一行的'亏损'。造成这些后果的是谁呢？——是您——是我——是我们所有这些自诩'体面'的男人！这些孩子都是我们愉快的夜宴、欢乐的晚会之后，在餍足的肉体驱使下乱交的产物。

"那些小偷，那些恶棍，总之，所有的无耻之徒都是我们的孩子。不过对我们来说，这总比我们是他们的孩子要好得多，因为这些坏蛋也是会繁殖的！

"喏，就拿我来说，我也有一桩让我内疚的糟糕的事，我很愿意讲给您听听。这件事让我至今悔恨不已。更糟糕的是，这还是一个持续不断的疑问，无法平息的烦恼，有时折磨得我痛苦不堪。"

我二十五岁那年，曾经跟一个朋友去布列塔尼[①]徒步旅行。这朋友如今是最高行政法院的参事。

[①] 布列塔尼：法国西部一个具有特殊历史和文化传统的地区，现为一个大区，包括四个省：莫尔比昂省、阿摩尔滨海省、菲尼斯泰尔省和伊勒-维莱纳省。

我们像发了狂似的走了十五到二十天,游玩了整个北滨海省①和菲尼斯泰尔省②的一部分,然后到了杜阿尔奈内③;从那里,我们沿着特雷帕塞海湾④一鼓作气走到荒凉的拉兹角⑤,在一个名字结尾是"奥夫"的村庄住下。可是到了早上,我的同伴感到莫名其妙的疲倦,起不了床。我说"床"是出于习惯,因为我们的床只不过是两捆麦秸。

　　可千万不能在这种地方病倒。我就逼着他起来。我们在下午四五点钟左右到了奥迪埃尔纳⑥。

　　第二天,他稍微好一点,我们又上路了。可是,半路上,他又难过得受不了,我们好不容易才到了拉贝桥⑦。

① 北滨海省:现名阿摩尔滨海省,法国布列塔尼大区的一个省,首府圣布里厄。
② 菲尼斯泰尔:法国布列塔尼大区的一个省,濒临大西洋,首府坎佩尔。
③ 杜阿尔奈内:法国布列塔尼大区菲尼斯泰尔省的一个市镇。
④ 特雷帕塞海湾:法国西部濒临大西洋的一个海湾,今属布列塔尼大区菲尼斯泰尔省。
⑤ 拉兹角:法国西部濒临大西洋的一个海角,今属布列塔尼大区菲尼斯泰尔省。
⑥ 奥迪埃尔纳:法国布列塔尼大区菲尼斯泰尔省的一个市镇。
⑦ 拉贝桥:法国布列塔尼大区菲尼斯泰尔省的一个市镇。

那儿至少还有一家客栈。我的朋友躺下了。从坎佩尔①请来的医生确认他发高烧,但诊断不出是什么病。

您知道拉贝桥这个地方吗?——不知道。——那好,请听我说。从拉兹角到莫尔比昂②,这一地区还保持着布列塔尼的风俗、传说和习惯的精华,而拉贝桥是这个地区中最富有布列塔尼地方特色的城市。直到今天,这个地方也几乎没有什么变化。我说"直到今天",唉,是因为现在我每年都到那儿去!

一座古堡,塔楼的墙脚浸在一个凄凉的大池塘里,成群的野鸟飞来飞去,真是凄凉极了。一条河从那儿流出来,沿岸的小海船溯流而上,可以直到城边。街道狭窄,两边都是古老的房屋。走在街上的男人们头戴大礼帽,身穿绣花坎肩和四件重叠的上衣:最外面的一件只有巴掌那么大,最多只能盖住肩胛骨;而最里面的那一件,一直垂到裤裆。

姑娘们都是高高的个子,美丽,清秀,穿着胸甲

---

① 坎佩尔:法国布列塔尼大区菲尼斯泰尔省首府。
② 莫尔比昂:法国布列塔尼大区的一个省。

似的呢背心，把她们箍得紧紧的，胸脯都快挤碎了，简直让人猜不出里面还有备受折磨的丰满的乳房。她们的发式也很奇特，鬓角上两片彩色绣花巾夹住脸，压着头发；头发先是像帘子似的在脑后垂下来，然后又绾上去，盘在头顶，上面罩一个通常用金丝或银线织成的样式奇特的无边软帽。

我们那家客栈的女佣顶多十八岁，一双眼睛淡蓝淡蓝的，透出两点黑瞳仁；笑的时候露出短而整齐的牙齿，看上去结实得似乎能把花岗岩嚼碎。

和她的大多数同乡一样，她一句法语都不会，只会说布列塔尼语。

我朋友的身体仍不见好，尽管没有诊断出什么明显的病情，医生还是不准他动身，要求他绝对休息。白天我总是陪着他，小女佣走来走去，一会儿给我送吃的，一会儿给他端汤药。

我有时逗逗她,看样子她也觉得很有趣。当然,我们并不交谈,既然我们都听不懂对方的话。

一天夜里,我在病人身边待到很晚,回自己房间的时候碰见那个女佣,她正要回她的房间。这时我正好在我打开的房门前。突然,我根本没想自己在做什么,多半是想开个玩笑吧,我猛地把她拦腰抱住,没等她从惊愕中清醒过来,已经把她推进门,关在我的房间里。她看着我,惊慌,恐惧,不知所措,又不敢叫喊,怕声张出去,不但一定会被老板辞退,还可能被父亲撵出家门。

我起初不过是想开个玩笑;可是,等她进了我的房间,我就

萌生了占有她的欲望。接着是一场长时间的无声搏斗,像摔跤运动员那样的肉搏,胳膊伸开、收缩、弯曲,呼吸急促,浑身是汗。嘿!她抵抗得真英勇。有时候,我们撞到桌子、板壁、椅子上,担心吵醒别人,就互相揪住,一动不动地停上几秒钟,然后又重新开始激烈的搏斗,我进攻,她抵抗。

最后,她筋疲力尽,倒了下去,我就在石板地上粗暴地占有了她。

她一爬起来就向房门跑去,拉开门闩,逃走了。

接下来的几天,我几乎见不到她。她根本不让我靠近。后来,我的同伴病好了,我们该继续旅行了。动身的前一天,半夜时,我刚回到房间,就看见她光着脚,只穿着衬衣,走进来。

她扑到我的怀里,激情地搂住我;后来,她亲吻我,抚摸我,又是哭泣,又是抽噎,直到天亮;总之,为了向我表明她的爱情和绝望,她把一个完全不懂我们语言的女人能用的办法全使出来了。

一星期以后,我已经忘掉这件旅行中普通而又常见的事,因为客店女佣本来就是供旅客们这么消遣的。

在随后的三十年里，我根本没有再想起这件事，也没有再去过拉贝桥。

没想到，一八七六年，为了给我要写的一本书搜集资料，为了深入观察当地的景物，我重游布列塔尼，偶然又回到那里。

在我看来，那里一切如故。在小城入口处，古堡的灰墙依旧浸在水塘里；客栈仍是那个客栈，虽然修缮过，翻新过，看上去更现代化一些。一进客栈，就有两个十八岁模样的布列塔尼姑娘接待我，她们都长得很水灵，乖巧可爱，穿着紧身呢坎肩，戴着银色软帽，大块的绣花巾搭在耳边。

已是傍晚六点钟左右。我坐下来吃晚饭，店主人殷勤地亲自伺候我。大概是命中注定，我随口问他："您认识以前的店主人吗？三十年前，我在这里住过十来天。这可是老早的话了。"

他回答："那就是我的父母，先生。"

于是我跟他说起我当时在什么情况下留宿，又怎么因为同伴生病而耽搁。没等我说完，他便说：

"啊！我全想起来了。那时候我才十五六岁。您住在最里面那个房间,而您的朋友在朝街的那一间,现在我自己住了。"

这时候才勾起我对那个年轻女佣的生动记忆。我问:"您还记得您父亲当年有个挺乖巧的小女佣吗?如果我没有记错的话,她眼睛很美,牙齿很白。"

他说:"记得呀,先生。你们走后过了一段时间,她就在分娩的时候死了。"

他用手指着院子,院子里有个又瘦又瘸的男子正在翻马粪。他接着说:"那就是她的儿子。"

我笑了起来,"他长得可不怎么样,一点也不像他母亲。大概更随他父亲吧。"

店主人说:"这很有可能;不过我们一直也没弄清他的父亲是谁。她到死也没说,这里的人谁也不知道她有过情人。大家得知她怀孕都非常吃惊,没有人愿意相信。"

我不禁打了个寒战,很不舒服;人们预感到大祸将至的时候,常会有这种心惊肉跳的感觉。我看着院子里的那个人。他刚给马打了水,此刻正一瘸一拐地提着两桶水,那条较短的腿痛苦地使着劲。他衣衫褴褛,肮脏不堪,黄黄的长头发乱糟糟的,像麻绳似的垂到面颊上。

店主人接着说:"他没有多大用处,把他留在店里是可怜他。要是他像别人一样有人抚养,也许会活得好一些。可是,有什么办法呢,先生?没爹,没妈,又没钱!我的父母可怜这孩子,但他毕竟不是他们的孩子,您也明白。"

我什么也没说。

我住在从前住过的那个房间里,整夜都想着这个丑陋的马房小工,反复地自问:"他会不会是我的儿子呢?难道是我害死了那个姑娘,生出了这个家伙?"无论怎么说,有这个可能!

我决定跟这个人谈谈,弄清楚他的出生日期。只要相差两个月,我的疑虑就可以打消了。

第二天,我让人把他叫来。可是他也不会说法语。看样子他也什

么都不懂。一个女佣代我问他年龄多大了，他根本就答不上来。他像白痴似的站在我面前，一双关节粗大、令人恶心的手不停地揉弄着帽子，傻里傻气地笑着；不过笑起来，嘴角和眼角倒是有些他母亲当年的样子。

不料店主人不请自到。他找来了这可怜虫的出生证。他是在我路过拉贝桥之后八个月零二十六天出世，因为我记得很清楚，我是八月十五日到洛里昂①的。出生证上写着："生父不详"，母亲名叫让娜·凯拉代克。

我的心急促地跳起来。我呼吸困难，憋得连话都说不出来了。我望着这个粗鲁的家伙，他那黄色的长头发简直就像一堆厩肥，比牲口的粪还要肮脏。这乞丐被我看得心里发慌，收起笑容，扭头逃走了。

我在小河边徘徊了一整天，痛苦地思索。但是有什么好思索的呢？还是什么都不能肯定。我一连几个小时地掂量着各种各样的理由，不管是正面的还是反面的，以便肯定或者否定自己做父亲的概率。我被那些错综复杂的假设搞得头昏脑涨，结果总是回到那个可怕的

---

① 洛里昂：法国布列塔尼大区莫尔比昂省的首府。

疑问，继而又回到那个更残酷的结论：这个人是我的儿子。

我没有心情吃晚饭，我回到自己的房间。我久久不能入睡；后来睡着了，却噩梦连连。我梦见那个粗鲁的家伙指着鼻子嘲笑我，叫我"爸爸"；然后他又变成一条狗，咬我的腿肚子，我怎么也躲不开，他总是跟着我，并且操着人言辱骂我；接着，他在我的院士同事们面前做证，他们正开会研究我是不是他的父亲，其中的一位高喊："这不容置疑！请看，他长得多么像他！"真的，我也看出这个怪物像我。我醒来时这个想法已经在我的脑子里扎了根，我急切地希望再看到这个人，以便弄清我们的相貌到底有没有共同的地方。

趁他去望弥撒的时候（那是一个星期日），我跟他一块儿走，还给了他一百个苏；我一面走一面忧心忡忡地端详他。他卑贱地笑着,接过钱;后来被我看得发慌,嘟哝了一个含混不清的单词,大概是要说"谢谢",然后就逃走了。

跟前一天一样,我这一天也过得心神不宁。傍晚,我让人把店主人找来,非常谨慎、巧妙、策略地对他说,我同情这个被众人抛弃、被剥夺了一切的可怜人,愿意为他做点什么。

可店主人大表异议:"唉!您千万别有这个念头,先生。他一钱不值,您这样做只能是自找麻烦。我呢,我雇他打扫马房,他也只能干这个。为这点活儿,我管他饭吃,他还能跟马睡在一块儿。他也不需要别的了。要是您有旧裤子,就赏给他一条吧,不过出不了一个星期,准破得不成样子。"

我没有再坚持,只是说再考虑考虑。

那天晚上,这个可怜虫喝得烂醉回来,差点要放火烧房子;接着他用十字镐砸昏了一匹马,最后淋着雨倒在污泥里睡着了。这都怪我的慷慨。

第二天,他们求我别再给他钱。烧酒会让他疯狂;而只要兜里有两个苏,他就拿去喝酒。店主人还加上一句:"给他钱,就是要他的命。"这个人手上从来就没有过钱,一个苏也没有过,除了旅客们偶尔扔给他的几个生丁;而且他也不知道这些金属片儿除了去小酒馆还有别的用场。

我在自己房间里待了几个钟头,打开一本书,像是在看书,其实我没干别的,尽在瞅那个家伙,我的儿子!我的儿子!想找找他究竟什么地方像我。找来找去,我终于在他的脑门和鼻根认出几处跟我相似的线条,不久我就相信我们真的长得很像,只是我们衣着不同,加上他一头鬃毛似的长发很吓人,不太容易看出来。

不过,我不能在那里再住下去了,否则就会引起怀疑了。我给店主人留下一些钱,用来改善他的这个奴仆的生活,然后就伤心地离开了。

六年来,这件心事,这可怕的不安,这恼人的疑团,一直困扰着我的生活。一股无法抗拒的力量每年都把我拉向拉贝桥。我每年都要罚自己去受一次折磨,眼睛看着那个家伙在粪堆里蹚来蹚去,心里想着他长得像我,设法帮助他而又总是徒劳无益。我每年从那里回来都变得更犹疑,更痛苦,更焦心。

我试图让他受点教育。可他是个愚不可教的白痴。

我试图让他生活得不那么困苦。可他是个不可救药的酒鬼，给他的钱他全拿去喝酒，还学会把给他的新衣裳卖掉换烧酒喝。

我也曾多次拿出钱来，试图让东家再多些怜悯心，照顾他一点儿。后来客栈老板感到奇怪了，非常在情在理地回答我："先生，您为他做的一切，只能害了他。待他就得像待犯人一样。他一有空闲，或者舒服一点，就会干坏事。您要是愿意行善，好呀，被遗弃的孩子多的是，不过要挑选一个值得您为他费心尽力的。"

听了他这番话，我还有什么好说的呢？

折磨着我的这些心结，要是让这白痴觉察到一星半点，他一定会起歹心，讹诈我，损害我的名誉，毁了我。他还会像我梦见的那样，向我大喊"爸爸"。

可我又自责：是我害死了他的母亲，也毁了这个发育不全的孩子，这个在厩肥里孵出和长大的低能儿；而这个人，要是像别人一样养育，本来也会跟别人一样是个正常的人。

面对着他，想到他是我生出来的，想到他是由父子间的亲密关系和我连在一起的,想到由于那可怕的遗传法则,在无数个方面他就是我,他的血,他的肉,甚至他的疾病根源和感情因素都来自我。这时候,我那种奇怪、复杂、难以忍受的感觉,您是无法想象的。

我经常有一种无法克制的强烈需要,想见到他;可是见到他,我又万分痛苦。隔着窗户,我一连几个小时地看他翻马粪,然后用车拉走,一边反复地自言自语:"这是我的儿子。"

有时,我真想过去拥抱他。然而我连他那双肮脏的手也从来没有碰过。

院士说完了。他的同伴,那位政治家,喃喃地说:"是呀,真的,我们是得多关心关心那些没有父亲的孩子。"

一阵微风吹过那棵黄色的大树,摇动着花束,洒下一片喷香的细雾,笼罩着两个老人。他们深深地连吸了几口。

参议员又补充了一句:"二十五岁还真是个好时光,虽然生下这样的孩子。"

圣安东尼*

* 本篇首次发表于一八八三年四月三日的《吉尔·布拉斯报》,作者署名"莫弗里涅斯";同年首次收入鲁维尔和布隆出版社出版的莫泊桑小说集《山鹬的故事》。

献给 X·夏尔姆[①]

人们都叫他圣安东尼[②]，因为他的名字叫安东尼，可能也因为他乐天知命，总是快快活活，喜欢开玩笑，爱佳肴，嗜美酒，又善于追女用人，尽管他已经年过六十。

他是科区常见的那种身材高大的乡下人，满面红光，胸脯壮实，肚大腰圆，两条腿长长的；不过要撑起这么硕大的身躯，这两条腿可就显得有些单薄。

他的妻子已经亡故，单身一人在自己的庄园里生活，有一个女佣和两个雇工。他管理自己的农庄称得上鬼才；他对

[①] X·夏尔姆：全名克萨维埃·夏尔姆（1849—1919），法国公共教育部秘书处处长，一八七八年福楼拜通过他介绍莫泊桑到公共教育部工作。
[②] 圣安东尼（约251—约356）：天主教圣人。他出生于埃及一个信仰基督教的富有农民家庭；十八岁失去双亲；二十岁施舍家产，在旷野一废弃要塞隐修；二十年里，他经受住魔鬼的强攻和诱惑，和弟子们建立了最早的隐修所。

自己的利益关心备至，做买卖，养牲畜，种庄稼，样样精通。他的两个儿子和三个女儿都攀上了好亲事，住在附近，每个月来跟老爸共进一次晚餐。他的精力旺盛在四邻八乡是出了名的；"他壮得就像圣安东尼。"大家都这样称道他，已经成了口头禅。

普鲁士人入侵①的时候，圣安东尼常在小酒馆里扬言他能吃下敌人一个军团；因为他像一个地道的诺曼底人那样爱吹牛，心里胆怯，却偏要夸海口。他用拳头猛敲着木桌，把咖啡杯和小酒杯都震得跳起舞来；他脸涨得通红，眼里冒着凶光，用乐和人假装愤怒的语调高喊："我一定要把他们吃掉，他妈的！"他满以为普鲁士人不会推进到塔内维尔；可是当他听说他们已经到了娄

---

① 指一八七〇年普法战争。

托,他就再也不出家门了,只是从厨房的小窗里不停地往大路上窥视,预感到随时会有端着刺刀的敌人走过。

一天早晨,他正跟用人们一起吃饭,门开了,村长希科老板走进来,身后跟着一个戴黑色铜尖儿军盔的士兵。圣安东尼霍地站起来;几个用人都看着他,心想一定会看到他把这个普鲁士人砍成碎块;不料他所做的只是跟村长握了握手。村长对他说:"这是分配给你的一个,圣安东尼。他们是昨天夜里来的。千万别干蠢事;他们说了,只要出一点点小事,就把全村杀光烧光。我已经跟你说清楚了。你管他吃的;看来这是一个挺好的小伙子。再见,我去别的家了。每家都有份。"他说完就走了。

圣安东尼老爹吓得脸色煞白。他打量着分配给他的这个普鲁士人。这是个胖小伙子,肉乎乎的,皮肤白皙,蓝眼睛,金黄色的汗毛,络腮胡子一直蔓延到颧颊,看上去有些傻气、腼腆而又和善。机灵的诺曼底人很快就把他看透了,一颗悬着的心也放了下来,便示意他坐下,然后问他:"您想吃浓汤吗?"外国人听不懂。圣安东尼于是壮起胆子,把盛满浓汤的盘子推到他面前,说:"喏,吃了它,胖猪。"

那士兵回答了一声："牙①"，就贪婪地吃起来。农庄主很得意，觉得自己的威信又树立了起来，向几个用人眨了眨眼睛；他们既害怕又觉得好笑，脸上露出奇怪的表情。

普鲁士人狼吞虎咽地把一盘浓汤吃了下去；圣安东尼又给他盛了一盘，他同样一扫而光；要他吃第三盘的时候，他拒绝了，尽管农庄主一迭连声地说："喂，把这一盘也塞下去，加加肥，不然你就说出不吃的原因。吃呀，我的猪！"

那个士兵还以为主人是要他多吃一些，所以满意地笑着，做着手势，表示肚子已经满了。

这时，圣安东尼已经跟他熟了，敲着他的肚子喊道："我这头猪的大肚子装满了！"不过他突然前仰后合，脸通红，像中了风似的几乎栽倒，话也说不出了。原来他想到了一件事，让他笑得喘不过气来："圣安东尼和他的猪②就是这样，就是这样。他就是我的猪！"三个用人也放声大笑。

老头儿乐不可支，让人拿来烧酒，上等的，最烈的，请大家一起喝。他们跟普鲁士人碰杯；普鲁士人赞美地咂着舌

----

① 牙：德文 ya 的音译，意为"是"。
② 传说圣安东尼在旷野隐修时，陪伴他的是猪。

头，表示他觉得这酒好极了。圣安东尼冲着他的鼻子大喊："怎么样？这是白兰地！在你的家里是喝不到的，我的猪。"

从这以后，圣安东尼老爹出门总要带上他的普鲁士人。他总算找到了合适的机会，进行他特有的复仇，一个戏谑老手的复仇。圣安东尼的恶作剧，让胆战心惊的本地人，背着入侵者笑得肚子痛。真的，论起逗乐儿，谁也比不了他。只有他能想出这样的招儿。老机灵鬼，真有你的！

他每天下午都挽着他的德国人去邻居家串门。他拍着他的肩膀，喜滋滋地向他们介绍："瞧呀，这是我的猪，看他是不是长膘了，这个畜生。"

那些乡下人心里都乐开了花，"圣安东尼这家伙，他真会搞笑！"

"我把他卖给你吧，塞赛尔，三个皮斯托尔[1]。"

"我买下了，圣安东尼，我还要请你来吃猪血灌肠呢。"

"我，我想吃的是他的蹄子。"

"你摸摸他的肚子，你就看得出，他身上全都是肥油。"

---

[1] 皮斯托尔：法国古币，相当于十法郎。

大伙儿挤眉弄眼，不敢笑得太放肆，怕普鲁士人猜出来他们在嘲弄他。只有圣安东尼，一天比一天大胆，经常拧着他的大腿，高喊着："全是肥肉"；拍着他的屁股，叫嚷着："全是猪皮"；用他那能举起铁砧的粗壮的胳膊把他抱起来，一边说："净重六百公斤，还不带损耗。"

他已经习惯了带他进了谁家就让谁家拿东西给他的猪吃。这成了他每天最大的乐事，最大的消遣："您愿意给他什么就给他什么，他什么都吃。"人们给他面包、黄油、土豆、冷食、猪下水灌肠，还特别说明："这是您的下水，上等的。"

这个士兵又傻又听话，给他吃什么他就乖乖地吃什么，并且对这么多人关心他感到荣幸。来者不拒的结果，几乎让他吃出了病；他真的越来越肥，那身军装对他来说已经太紧了。圣安东尼非常高兴，对他说："我的猪，你要知道，得给你另外做个笼子啦。"

再说，他们还真变成了世界上最要好的朋友；老头儿每次去附近办事，普鲁士人都主动陪他去，唯一的原因就是喜欢跟他在一起。

气候严寒，冰冻三尺，一八七〇年的冬天仿佛把所有灾难都一股脑儿投在法兰西的土地上。

圣安东尼老爹办事既有远见，也会见机而行；他预计来年春天会缺少厩肥，便向一个手头拮据的乡邻买了一些；双方谈好，他每天傍晚驾着他的两轮马车去拉一趟。

所以每天，天快黑的时候，圣安东尼老爹就总是由他的猪陪着，动身去相距半法里远的奥勒农庄拉厩肥。每天给这畜生吃东西的时候，都热闹得像过节。当地人全都跑来看，就像星期日去望大弥撒一样。

不过，那士兵还是起了疑心；如果大家笑得太厉害，他就转动着不耐烦的眼睛，有时眼里还闪着愤怒的火花。

一天晚上，他吃饱了，再也不肯多吃一口；他想站起来走了。可是圣安东尼手腕一使劲，一把拦住他，然后两只有力的手放在他肩膀上用力一摁，他猛地坐下去，把椅子都压散了。

大伙儿开心得捧腹大笑；圣安东尼得意扬扬，把他的猪从地上拎起来，装出要给他包扎伤口的样子，然后喊道："他妈的，既然你不愿意吃，那就得再喝点儿！"立刻就有人去小酒馆买烧酒。

普鲁士士兵转动着两只愤怒的眼睛，不过他还是喝了，要他喝多少他就喝多少；在围观者的喝彩声中，圣安东尼跟他对着喝。

诺曼底人脸红得像西红柿，眼里直冒火，不停地往杯子里斟酒，一边碰杯一边咕噜着："祝你健康！"普鲁士人呢，一声不吭，只顾大口大口地往肚子里灌白兰地。

这是一场较量，一次战斗，一种复仇！他妈的，看谁喝得多！一升烧酒下肚以后，他们谁都不能再喝了。可是两个人中没有一个输家。他们打了个平手，如此而已。那就第二天重新开始！

他们摇摇晃晃地走出去，上路了。两匹马拉着运厩肥的大车在他们旁边慢吞吞地行进。

开始下起雪来，没有月亮的夜晚，借着凄凉原野的这层白色，惨淡地泛着微光。寒气刺骨，更加重了这两个人的醉意。圣安东尼因为没有占上风而闷闷不乐，就拿他的猪开心，推搡他的肩膀，想把他推到沟里去。对方一再躲闪着他的攻势，而且每一次都气恼地迸出几个德国词，惹得农庄主哈哈大笑。最后，德国人发火了；就在圣安东尼又要推搡他的时候，他狠狠回敬了圣安东尼一拳，把巨人般的农民打了一个趔趄。

醉老头儿怒不可遏，拦腰抱住普鲁士人，像摇晃小孩子似的晃悠了几秒钟，接着猛地一使劲，把他抛到路的另一边。然后，他叉着胳膊又笑起来；这一回干得这么利索，他十分得意。

可是士兵一骨碌爬起来，光着脑袋，因为他的头盔摔掉了；他拔出军刀，向圣安东尼老爹扑过来。

见此情景，乡下人手握着鞭子杆的半腰，这鞭子是用冬青木做成的，笔直，像干的牛后颈韧带一样刚中有柔。

普鲁士人扑到跟前了，低着脑袋，刀尖朝前，心想准可以一刀致命。但是，就在刀尖要戳进肚子的一刹那，老头儿一把抓住刀身，把刀推开了，紧接着用鞭子的把柄猛击对方的太阳穴；敌兵立刻倒在他脚下。

这一下，乡下人吓坏了，不知所措。他看到那个身体先抽搐了几下，然后就肚皮朝地一动不动了。他弯下腰，把那身体翻过来端详了一会儿。普鲁士人眼睛闭着，鲜血从鬓角的一个裂口流出来。尽管天色已黑，圣安东尼老爹仍然分辨得出雪地上棕红色的血迹。

他呆呆地站在那儿，昏了头，而那两匹马仍然在不慌不忙地拉着车往前走。

他该怎么办呢？他一定会被枪毙的！敌人会烧掉他的农庄，把全村变成一片废墟！怎么办？怎么办？怎样才能把这具尸体，这个死人，藏起来，骗过普鲁士人？远远地，从寂静的雪原深处传来人说话的声音。他更是惊慌，于是捡起军盔，戴在他的受害者头上；然后搂住他的腰，把他抱起来，跑去追赶他的马车，把尸体抛在厩肥上。只能先回家，再考虑怎么办。

他一边小步走着，一边苦思冥想，想不出一点主意。他看得出，感觉得到，自己完蛋了。他回到自己家的院子里。屋顶小窗还有灯光，他的女佣还没睡；他连忙把车往后倒，退到一个沤肥坑边。他想，把车上装的厩肥卸下来的时候，放在上面的尸体自然就会跌落到坑底下；于是他翻倒了大车。

正像他预料的那样，普鲁士人被埋到厩肥底下了。圣安东尼用长柄叉把厩肥堆平整了一下，就把叉子杵在旁边的地上。他叫来一个雇工，吩咐他把两匹马带回马厩，便回自己的屋里去。

　　他躺下，一直思考着下一步怎么办，无奈想不出任何办法；他一动不动地躺在床上，内心的恐惧越来越强烈。敌人一定会枪毙他！他吓得直出冷汗，牙齿咯咯作响；他再也没法在被窝里待下去，便哆哆嗦嗦地从床上爬起来。

　　他下楼到了厨房，从橱柜里拿了一瓶白兰地，又回到楼上。他接连喝了两大杯，刚才的醉意还没醒，现在醉得更厉害了；可是这并没有减轻他内心的忧虑。真他妈的蠢，他干了这么一件好事！

　　他不停地踱来踱去，寻思着用什么办法、什么借口和花招能把这件事对付过去；他时不时地喝一大口烈酒，想让自己静下心来。

　　他还是想不出办法，想不出一点办法。

　　将近半夜的时候，他的看家狗，一条名叫"贪吃"的狼狗，拼命地嚎叫起来。圣安东尼老爹顿时胆战心惊；这畜生每发出一声凄厉的长吠，老头儿就起一身鸡皮疙瘩。

他就像两条腿折断了似的，整个人倒在椅子上，痴痴地发呆；他已经精疲力竭，惶恐地等待着"贪吃"再开始它的哀嚎；震撼我们神经的那种恐怖，一次次让他胆战心惊。

楼下的座钟敲响了清晨五点钟。那条狗仍然叫个不停。乡下人简直要疯了。他站起来，想去解开系那条狗的链子，让它别再叫唤。他走到楼下，打开门，在夜色中往前走。

雪还在下。大地白茫茫一片。农庄的房屋变成了几个大黑斑。老人走到狗窝跟前。那条狗正在拉扯着链子。他把它放了。这时"贪吃"猛地一蹿，又戛然止步；它的毛都支了起来，伸出两只前爪，露出獠牙，鼻子朝着厩肥堆。

圣安东尼从头到脚一阵战栗，喃喃地说："你怎么啦，癞皮狗？"他向前走了几步，用眼睛在昏暗的院子里，在模糊不清的阴影中搜索。

忽然，他看见一个形体，一个人的形体，坐在厩肥堆上！

他看着这个形体，几乎要吓瘫了，气都喘不过来。他突然看见杵在地上的长柄叉；他把叉子从地里拔出来；人恐惧到极点的时候，懦夫也会变得勇敢，他冲向前去，想看个明白。

原来是他,他的普鲁士人;他躺在厩肥里被焐暖和了,苏醒过来,爬了出来,浑身的臭粪。他迷迷糊糊地在厩肥堆上坐下,痴痴地待在那里,纷纷扬扬的雪落在他身上;他身上沾满了污秽和血迹;他还醉得昏天黑地,沉重的打击让他还晕晕乎乎,受伤的身体几乎虚脱。

他也看见了圣安东尼,不过他昏头昏脑,还弄不明白是怎么回事,动了动,想站起来。但是老头儿一认出是他,就像一头疯狂的野兽一样勃然大怒。

他嘟哝着:"啊!猪!猪!你还没死!现在,你要去揭发我了……等等……等等!"

他冲向德国人,像高举长矛一样举起叉子,使出两臂的全部力量刺过去;四个铁齿深深扎进那士兵的胸膛,一直扎到木柄。

士兵发出一声濒死的长长的哀号，仰面倒下；老农把他的武器从伤口里拔出来，又往肚子上、胸脯上和喉咙上连连猛戳；他就像疯子一样，把这抽搐的身体从头到脚戳满了窟窿，里面涌出大股大股的血浆。

然后，他停了下来，动作猛烈让他气喘吁吁，他大口地喘着气；把普鲁士人杀死了，他的心情平静多了。

这时，鸡棚里的公鸡高唱，天就要亮了，他开始掩埋尸体。

他在厩肥堆上挖了一个窟窿，挖到了地面，继续往下挖；他干得毫无章法，只是两条胳膊和整个身体狂乱地运动着，竭尽全力地蛮干一通。

等坑挖得够深了，他就用叉子把尸体推到坑里，把土扔进去盖在尸体上，又踩了好一会儿，然后再把厩肥堆到原来的位置。见浓密的大雪在弥补自己的工作，用它白色的面纱掩盖留下的痕迹，他露出了微笑。

完事了，他把长柄叉又插在厩肥堆上，就回到自己的屋里。剩下的半瓶白兰地仍然放在桌子上；他一口气把酒喝光，便一头倒在床上，沉沉入睡。

他睡醒时，酒也醒了；他头脑冷静了，精神饱满了，可以判断情况、为事态的发展做准备了。

一个小时以后,他在村里到处跑,打听他那个普鲁士士兵的下落。他还去找他的长官,想知道他们为什么——用他的话说——把分配给他的人撤了回去。

大家都知道他们关系极好,谁也没有怀疑他;他甚至带领人四处寻找,说那个普鲁士人每天晚上都去找女人。

邻村一个退休宪兵被逮捕,枪毙了;他开一家小客栈,并且有一个漂亮的女儿。

瓦尔特·施纳夫斯的奇遇*

* 本篇首次发表于一八八三年四月十一日的《高卢人报》；同年首次收入鲁维尔和布隆出版社出版的莫泊桑小说集《山鹬的故事》。

献给罗贝尔·潘松①

自从他随侵略军进入法国,瓦尔特·施纳夫斯就认为自己是最不幸的人了。他身体肥胖,走路吃力,喘得厉害,非常平而又非常厚的脚让他痛得难以忍受。再说他爱好和平,待人宽厚,一点也不逞强好胜,一点也不粗暴残忍。他是四个孩子的父亲,深爱自己的孩子;他太太是个金黄色头发的少妇,现在他每天晚上都心酸地怀念那百般的温存、无微不至的体贴和亲吻。他喜欢早睡晚起,喜欢不慌不忙地享受好吃的东西,到小酒馆喝上两杯啤酒。另外他还常想:人死了,生活中一切美好的东西就消失了,因此他心里对大炮、步枪、手枪和军刀怀有本能的同时又是经过思考的极端仇恨;

---

① 罗贝尔·潘松(1846—1925):莫泊桑青年时代的挚友,在塞纳河上划船的伙伴。曾参加演出莫泊桑写的剧本。他后来担任鲁昂图书馆副馆长,向莫泊桑提供过不少故事素材。

他对刺刀尤其深恶痛绝，因为他感到他没法灵活地使用这种需要快速动作的武器来保护自己的大肚子。

每当黑夜来临，他裹着军大衣、席地睡在鼾声如雷的弟兄们身旁，总是久久地想着留在远方的亲人，想着前途充满的种种危险：如果他被打死了，孩子们怎么办？谁来养活他们，培养他们？就拿目前来说吧，尽管他临走时借了几笔债，给他们留下一点钱，他们也并不宽裕。瓦尔特·施纳夫斯有时想着想着就哭了。

每次战斗一打响，他就感到两腿发软；要不是想到整个部队都会从他身上踩过去，他早就躺倒了。子弹的呼啸吓得他毛发都竖起来。

几个月以来，他一直是这样在恐惧和忧虑中生活。

他所属的军团正在向诺曼底推进；有一天他跟一个

小分队被派去执行侦察任务；他们只是要去探察一下当地的一部分地区，然后就返回。乡间看来十分宁静，没有一点准备抵抗的迹象。

然而，就在这些普鲁士人气定神闲地走下一道横着许多深沟的小山谷时，一阵猛烈的射击撂倒了他们二十来个人，迫使他们戛然止步。一支游击队突然从一片巴掌大的小树林里蹿出来，端着上了刺刀的步枪冲过来。

瓦尔特·施纳夫斯起初一动不动；事情来得那么突然，他都惊呆了，甚至连逃跑都没有想到。后来他才有了逃跑的强烈愿望，可是又立刻想到：跟一群像山羊一样连蹦带跳冲过来的精瘦的法国人相比，他跑起来就像乌龟一样慢。于是，见离他六步远的地方有个宽一点的沟，沟里荆棘丛生，叶子都已干枯，他就两腿一并跳了下去，甚至想都没想那沟会有多深，就像有的人从桥上跳河一样。

他像一支箭似的穿破一层厚厚的藤子和带刺的荆棘，脸和手都被划破了；他屁股着地，重重地跌落在一些小石子上。他马上睁开眼，从刚才自己跳落时捅出来的窟窿里看得到天空。这个窟窿可能暴露他，他便手脚并用，在这乱枝盘绕犹如顶棚一样遮盖着的沟底小心翼翼地爬，尽可能快地爬，离那片战场越远越好。他爬了一会儿停下，重又坐下，像一只野兔一样蜷缩在深深的枯草丛里。

在一段时间里，他还能听见枪声、喊声和呻吟声。后来，战斗的嘈杂声减弱了，停止了，一切都重新变得寂静和安宁。

忽然，什么东西在他身旁动了一下。他吓了一大跳。原来是一只小鸟落在一根树枝上，晃动了枯叶。瓦尔特·施纳夫斯的心怦怦地跳了足有一个钟头。

夜幕渐渐降临，沟里越来越黑。这个当兵的开始思索起来。他该怎么办？他该到哪儿去？回自己的部队？……怎么回去呢？从哪儿回去呢？回去的话，他又要重新过那自战争开始以来所过的充满忧虑、恐惧、疲劳和痛苦的日子！不！他觉得自己再也没有那个勇气。他也再没有精力去长途行军，冒每时每刻都会遇到的危险。

可是怎么办呢？他总不能待在这深沟里，一直藏到战争结束。不能！当然不能！如果人可以不吃饭，这个前景还不会太让他想而生畏；但是人必须吃饭，每天都得吃饭。

他就这样一个人孤零零地待着，带着武器，穿着军装，待在敌人的领土上，远离可以保护他的人。他不禁一阵阵地战栗。

他忽然想："如果我做了俘虏就好了！"他激动的心里顿时充满了渴望，一种要成为法国人的俘虏的强烈和难以抑制的渴望。当俘虏！他就得救了；关在看守森严的监牢里，有吃的，有住的，不受枪弹和军刀的威胁，也没有什么可以再担惊受怕的。当俘虏！多么美好的梦想！

他立刻下定了决心：

"我这就去当俘虏。"

他站起来，决心马上去执行这个计划，一分钟也不耽误。但是他站在那里并没有动，因为他突然又有了令人不快的想法，产生了新的恐惧。

他去哪儿当俘虏呢？怎么去呢？往哪边走呢？许多可怕的场景，死亡的场景，涌入他的脑海。

他独自一人，戴着尖顶钢盔，在野地里乱闯，会遇到很大的危险。

如果他碰上乡下人呢？这些乡下人看见一个掉了队的普鲁士士兵，一个没有自卫能力的普鲁士士兵，会跟打死一条野狗那样杀了他！他们会用长柄叉、十字镐、镰刀、铁锹弄死他！他们正憋着一肚子战败者的怨气，会残忍地把他剁成肉泥、肉酱。

如果他碰上游击队呢？那些游击队员可是一些不讲法律也不守纪律的疯子；仅仅为了开开心，为了看看他痛苦的样子，消磨一个钟头的时光，他们也会把他枪毙。他甚至觉得自己好像已经被推到墙角下，面对十二支步枪的枪筒，那些圆圆的、黑黑的小枪眼好像正盯着他呢。

如果直接碰上法国军队呢？先头部队会把他当作敌军的侦察兵，当作一个孤身侦察的大胆而又狡猾的老兵，向他开枪。他仿佛已经听到俯卧在荆棘中的士兵们发出的哩哩啦啦的枪声，而他在一片田野中间倒下去，被子弹打得像漏勺一样浑身是洞；他甚至都能感觉到子弹怎样钻进他的肉里。

他绝望了，重又坐下。在他看来，自己是走投无路了。

夜深了，无声而又漆黑的夜。他不再挪动；黑暗中发出一点点不明的轻微响声也会让他打一阵哆嗦。一只兔子屁股碰一下窝边，差一点吓得瓦尔特·施纳夫斯抱头鼠窜。猫头鹰的叫声撕裂他的心，他顿时感到一阵痛苦的恐惧，仿佛受到了重创。为了能在黑暗中看得清楚些，他把眼睛睁得老大；他仿佛总听见有人在附近走动。

挨过了漫长的时间，经受过了地狱般的煎熬，他终于透过枝叶结成的顶棚看见亮起来的天空。他感到莫大的宽慰；四肢突然觉得轻松了，心情也平静一些；他闭上了眼睛。他睡着了。

他一觉醒来时，太阳已经几乎到了头顶；应该是中午了。没有一点声响打乱田野凄凉的寂静。瓦尔特·施纳夫斯这时才感到饿得难受。

他连连打着哈欠。想到香肠，士兵们常吃的美味香肠，他直流口水，胃里隐隐作痛。

他站起来，只迈了几步就觉得两腿无力，便又坐下来反复思考。他在两种决定之间犹豫了足有两三个钟头，不时地改变主意，被各种截然相反的理由争夺着，拉过来扯过去，伤透了脑筋。

他终于觉得有一个办法合理而且可行，那就是暗中窥伺，等一个单身村民路过，只要他没有武器也不带会伤人的工具，就跑上前，让他立刻明白自己要投降，然后听凭他处置。

他于是摘下钢盔，怕钢盔的尖顶会暴露他，然后小心翼翼地把脑袋伸出沟沿。

视野之内没有一个单独的人影。右边有一个村庄，烟从房顶升上天空，那是厨房的炊烟！左边，一条林荫路的尽头，有一座两翼建有塔楼的大古堡。

他一直等到傍晚。他痛苦极了。除了几只乌鸦飞来飞去，什么也没看见；除了肚子饿得咕咕叫，什么也没听见。

黑夜再次降临。

他在藏身处的地上躺下，昏昏入睡。他睡得很不踏实，噩梦连连，就像所有饥饿难挨的人那样。

黎明又在他头顶的上空升起。他又四下张望。但是田野仍像前一天一样空无一人。一个新的恐惧涌现在瓦尔特·施纳夫斯的脑海：他怕被活活饿死！他仿佛看见自己直挺挺地躺在他的窝底，仰着面，闭着眼；然后，一些动物，各种各样的小动物，向他的尸体爬过来，开始吃他，从四面八方攻击他，钻到他衣服下面咬他的冰冷的皮肉。还有一只大乌鸦用它尖尖的嘴啄他的眼睛。

他简直要疯了，以为自己虚弱得快要晕过去，再也走不动了。当他终于鼓足勇气，不顾一切，准备向那个村庄跑过去的时候，看见三个乡下人肩上扛着长柄叉，往田地里走；

他忙又躲进沟里。

不过，夜色刚刚笼罩大地，他就慢慢从沟里爬出来，弯着腰，战战兢兢，心怦怦跳着，向远处的古堡奔去。他宁愿去古堡而不愿到村里去，因为在他看来村庄就像挤满了饿虎的巢穴一样可怕。

古堡底层的窗户都灯火通明。其中的一个窗户甚至敞开着，散发出一股强烈的烤肉香味。这香味突然扑进瓦尔特·施纳夫斯的鼻子，钻进他的肚子，让他肌肉抽搐，呼吸急促，不可抗拒地吸引着他，让他鼓起了最后的勇气。

他想也没想，钢盔也没摘，突然出现在窗口。

八个仆人正围着一张大桌子吃晚饭。一个女佣目瞪口呆，酒杯也从手里掉下来。所有的眼睛都随着她的视线望去。

大家都发现了敌人！

天哪！普鲁士人进攻古堡了！……

起初是一片叫喊，由八个不同声调发出的八声叫喊汇成的一片叫喊，一片惊恐万分的叫喊；接着是一阵闹哄哄的站起、拥挤、你推我搡，向里面的门拼命逃窜。椅子被碰翻。男人撞倒了女人，从她们身上迈过。不过两秒钟的工夫，房间里已经空无一人，扔下满桌的食物。仍然站在窗口的瓦尔特·施纳夫斯面对这场景,不知所措。

他犹豫了一会儿,终于还是跨过窗台,向那些盘子走去。他饿极了,像一个发烧的病人一样直打哆嗦。但是一种恐惧感让他站住了,像瘫痪了似的止步不前。他听了一会儿。整座楼房都好像在震动;有频频的关门声,楼上的地板上急促的跑步声。普鲁士士兵很不安,竖着耳朵听着这些嘈杂的声响;接着,他又听见一些人从二楼跳下来,身体跌落在墙脚软土上发出沉闷的响声。

后来,一切活动、一切扰攘都停止了,偌大的古堡变得像坟墓一样沉寂。

瓦尔特·施纳夫斯在一盘还没动过的菜前面坐下,吃起来。他大口大口地吃,仿佛生怕被人过早地打断,不能吃个够。他两手并用,把一块块肉往张得像翻板活门似的嘴里塞;一盘盘食物接连下到他的胃里,把喉咙撑得老粗。他有时停一下,因为他就像填得太满的管子,快要撑破了。这时,他就像人们清洗堵塞的管道一样,端起装着苹果酒的酒罐冲刷喉管。

他把所有的菜、所有的汤、所有的酒一扫而光。他吃饱了,喝足了,一副蠢相,满脸通红,不停地打着嗝,头昏脑涨，满嘴油光光。他解开军装的纽扣透口气；他一步也走不动了。他的眼睛闭上了，思想麻木了；他把额头搭在交叉的胳膊上，趴在桌子上，逐渐失去了对事物的概念。

下弦月在花园的那片大树的上空隐约照着原野，这是天亮以前最寒冷的时刻。

一些人影溜进矮树丛，他们人数很多，但是静悄无声；月光下，不时地有个钢尖儿在黑暗中发出反光。

静静的古堡耸立着它黑魆魆的巨大身影。只有底层的两个窗内还有灯光。

突然，一个响亮的声音高喊：

"前进！他妈的！冲呀！小伙子们！"

刹那间，门、护窗板、玻璃窗，都被一股人流冲开。他们向前冲，见什么砸什么，见什么摔什么，很快

就冲进房子。刹那间,五十个武装到头发的士兵就跳进厨房,瓦尔特·施纳夫斯正在那里安安泰泰地休息,五十支子弹上膛的步枪对准了他的胸口。他们把他打翻在地,痛打了一顿,然后揪住他,从头到脚五花大绑。

他挨了打,挨了枪托子,快要吓死了,但他仍然头脑昏昏,没明白是怎么回事,只是茫然地喘着大气。

突然,一个军服上镶着金线的胖军官,一只脚踩着他的肚子,大喊:

"你被俘虏了,投降吧!"

普鲁士人只听进"俘虏"这个词,连忙呻吟着说:"牙,牙,牙。"

他被拽起来,绑在一把椅子上;战胜者们像鲸鱼般喘着粗气,好奇地端详着他。他们又兴奋又疲劳,有几个人已经挺不住,坐下来。

他呢,却在微笑。他在微笑,因为他确信自己终于当上了俘虏!

又有一个军官进来,报告:

"上校,敌军已经逃跑;被打伤的好像不少。我们始终控制着全境。"

胖军官擦着额头上的汗,高呼:

"我们胜利了!"

他从口袋里掏出一个做生意用的小记事本,挥笔疾书:

"经过一场恶战,普军携带着死者和伤员狼狈逃窜。估计他们有五十人丧失战斗力。数名敌军被我方擒获。"

年轻军官又问:

"上校,下面该怎样部署?"

上校回答:

"我们马上撤回,以防敌军调来炮兵和更多的兵力实行反扑。"

说完,他就下令出发。

部队在古堡墙脚的阴影里重新集合,开始行动;他们从四面八方把捆绑着的瓦尔特·施纳夫斯团团包围,六名精兵握着手枪押着他。

几拨侦察兵派出去探路。部队蹑手蹑脚地往前走,还不时地停止前进。

天亮时,他们到达拉罗什-瓦塞尔专区。正是这个专区的国民自卫军建立了此次战功。

居民们正忧心忡忡、情绪紧张地等待着。他们远远看见俘虏的钢盔尖顶，就爆发出震耳欲聋的欢呼声。妇女们高举臂膀；几个老太太痛哭流涕；一个老大爷甩开他的拐杖，打这个普鲁士俘虏，却不料碰伤了一个卫兵的鼻子。

上校大喊：

"注意俘虏安全！"

队伍最后来到市政府。监狱的门打开了，瓦尔特·施纳夫斯被松了绑，投进牢房。两百名荷枪实弹的士兵在房子周围警戒。

这普鲁士士兵，尽管消化不良的症状已经折磨了他好一阵子，这时却快活得发疯，跳起舞来，疯狂地跳起舞来，又是举胳膊，又是抬腿，一边跳还一边发疯似的叫喊，直到精疲力竭地倒在墙脚。

他终于当了俘虏！他得救了！

就这样，尚皮涅古堡在敌军占领了六个小时以后被光复。

呢绒商出身的拉蒂埃上校因率领拉罗什－瓦塞尔的国民自卫军立下此次战功而荣获勋章。

舆论*

* 本篇首次发表于一八八一年三月二十一日出版的《高卢人报》;一九五六年首次收入阿尔班·米歇尔出版社出版由阿尔贝-玛丽·施密特编的《莫泊桑中短篇小说集》第一卷。

十一点钟①刚刚敲响,科员先生们怕科长已经到了,都急匆匆来到办公室。

各人迅速地扫了一眼自己不在时送来的文件;然后,把外套或者长礼服换成工作时穿的旧上装,就去看看隔壁的同事。

在主任科员博南芳工作的隔间里,很快就聚集了五个人,每天照例的闲聊便开始了。档案管理员佩德利先生在寻找散失的文件;文化教育勋章获得者,候补副科长皮斯通先生,一边烘着大腿,一边抽着烟斗;上了年纪的誊写员格拉普大叔,每日不爽地请大家闻他的鼻烟;而时事灵通的拉德先生,一个爱挑剔、爱嘲弄、愤世嫉俗的人,说起话来声音尖得像蝗虫,眼睛滴溜溜转的,不停地比画着,以激怒别人为乐。

① 上午十一点钟是当时政府部门开始工作的时间。

"今天早上有什么新闻？"博南芳先生问。

"唉，什么也没有，"皮斯通回答，"报纸仍然充满了关于俄罗斯和沙皇①遇刺的琐细报道。"

档案管理员佩德利先生抬起头，自鸣得意地说：

"我祝他的继任者快乐，不过我不会用我的位子去换他的位子。"

拉德先生笑了起来。

"他也不会换你的！"他说。

格拉普大叔发言了，他用悲观语调问：

"这一切什么时候能结束呢？"

拉德打断他的话，说：

"这一切永远也不会结束，格拉普老爸。只有我们才会结束。自从有国王，就有弑君者。"

博南芳这时插嘴道：

"那么就请您给我解释一下，拉德先生，为什么有人总是谋害好人而不谋害坏人？伟大的亨利四世②被人刺杀；路

---

① 沙皇：指俄国皇帝亚历山大二世（1818—1881），一八五五年至一八八一年在位。一八八一年三月十三日，他在圣彼得堡被民意党人刺杀身亡。
② 亨利四世：本名路易·德·波旁（1553—1610），法国波旁王朝的第一个国王，一五八九年至一六一〇年在位。

易十五^①却死在床上；我们的路易－菲利普^②国王一辈子都是凶手们的靶子；据说沙皇亚历山大是个心地善良的人，解放农奴的不正是他吗？^③"

拉德先生耸了耸肩膀。

他说："最近不就是有人杀了一个科长吗？"

格拉普大叔每天都会把前一天发生的事忘个一干二净，惊呼：

"居然有人杀了一个科长？"

候补副科长皮斯通先生回答：

"是呀，您是知道的，就是那起鲜贝事件。"

可是格拉普大叔已经忘记了。

"不，我不记得了。"

---

① 路易十五（1710—1774）：法国国王，一七一五年至一七七四年在位，是唯一一个生于而且死于凡尔赛宫的国王。他当政初期颇受好评，有"可爱的国王"之称，然而他死时名声扫地。

② 路易－菲利普（1773—1850）：法国"七月王朝"国王，一八三〇年至一八四八年在位，由于他是波旁王室幼支奥尔良家族的后裔，又有"奥尔良王朝"君主之称。他也是法国最后一个当政的国王。

③ 沙皇亚历山大二世在一八六一年初正式颁布了《解放法令》，废除了农奴制。

拉德先生就把事情又一五一十地向他复述一遍：

"喂，格拉普大叔，您不记得了，一个科员，一个年轻小伙子，不过后来被宣布无罪了，有一天他要去买些鲜贝，午饭的时候吃。科长不许他去；这个科员一定要去；科长命令他闭嘴，绝不能出去；这科员反抗，拿起帽子就要走；科长向他扑过去，科员在挣扎的过程中把办公用的剪刀插进了上司的胸膛。一个真正的官老爷的下场，是吧！"

"这事情的确有可以商榷的地方，"博南芳先生慢条斯理地说，"权力是有限度的；一个科长没有权力规定我的午饭，控制我的胃口。我的工作归他管，但是我的胃不归他管。这件事令人遗憾，不错；但是也的确有可以商榷的地方。"

候补副科长皮斯通先生生气了，大声说：

"我呢，先生，我要说，一个科长就应该是他这个科的主人，就像一艘船上的船长一样；权力是不可分割的，没有权力，工作就没法运转。科长的权力来自政府：他在科里就代表国家；他的绝对的指挥权是不容讨论的。"

博南芳也生气了。拉德先生让他们都平静下来：

"这正是我担心的，"他说，"再多说一句，博南芳就会把他的裁纸刀戳进皮斯通的肚子。对国王们来说也是一样。君主们对权力的理解和老百姓不同。所以永远会存在鲜贝问题。'我想吃鲜贝！'——'你不能吃！'——'就要吃！'——'就不准吃！'——'就要吃！'——'就不准吃！'有时这就足以导致一个人或者一个国王的死亡。"

但是佩德利先生又回到他的想法上：

"反正一样，"他说，"当今君王的行当也不是好玩的。不过真的，我还是喜欢我们这个行当。就像当消防队员一样，那也不是快活的事。"

皮斯通先生已经平静下来，接着说：

"法国的消防队员是国家的一个荣耀。"

拉德先生表示赞同：

"消防队员，是的；但消防车可不是。"

皮斯通先生为消防车和救火的组织辩护，补充道：

"再说，当局也正在研究这个问题；已经引起了注意；有关的主管人士在关心这件事；用不了多久，必要的器材我们就会应有尽有。"

但是拉德先生摇着脑袋。

"您相信吗？啊！您相信！那您就错了，先生！什么都不会改变。在法国，人们是不会改变既成的方法的。美国的方法是要有水，要有很多的水，甚至有河流——呸！这么说，用近在手边的大西洋来救火倒是个妙招！而在法国，相反，一切都推给主观能动性，要小聪明，别出心裁；不要水，不要消防车，什么也不要，只要有消防队员，法国的方法就是烘烤消防队员。这些可怜的人，英雄好汉，用斧头灭火！你们想想看，和美国相比，这是何等高明！……让几个消防队员烤死以后，市议会说一通，上校说一通，议员说一通；他们还在讨论用水还是发挥主观能动性，两种方法孰优孰劣！一个随便什么要人在受害者坟前说一句：

不是永别，消防队员们，而是再见（重复）。①

"瞧，先生，在法国就是这么做的。"

可是格拉普大叔已经把刚才的谈话忘了，问：

"您刚才说的这句诗，我好像在哪儿读过：

---

① 这句引文像是诗句，后面又加上"重复"的标志，更像是一句歌词。实际上他引自消防队总监帕里斯上校追悼救火牺牲的消防员阿瓦尔的仪式上的演说："为我们所有的人说一声永别了，我可怜的消防队员，永别了，或者更确切地说：再见。"

不是永别，消防队员们，而是再见……

"是在贝朗瑞①的歌谣里。"拉德先生认乎其真地说。

深陷在思考里的博南芳先生叹了一口气：

"不管怎么说，'春天'②的这场火灾是一场非常惨重的灾难！"

拉德先生又说：

"现在人们可以冷静地说话了，不必玩弄辞藻了。我想，我们有权对这家商场的经理的口才表示怀疑。有人说他是个好心人，我不怀疑这一点。他显然是个精明的商人，但我不认为他是个雄辩家。"

"为什么这么说？"佩德利问。

"因为，若不是他遭到的这场可怕灾难为他博得所有人

---

① 贝朗瑞：全名皮埃尔－让·德·贝朗瑞（1780—1857），法国歌谣诗人。
② "春天"：由于勒·雅鲁索创立于一八六五年的高档百货商场，位于今巴黎奥斯曼大街，一八八一年三月九日，一个清洁工人在打扫店堂时点亮煤气灯，不慎燃着窗帘，引起大火，楼房尽毁，致使一死十二伤。

的同情,任何人听了他用来平息员工忧虑的拉帕里斯[1]式的演说都会笑个没完:'先生们,'他对他们大致是这么说的,'你们不知道明天晚饭吃什么?我也不知道。噢!我,我也很可怜,可不。幸而我有些朋友。有一个朋友借给我十生丁[2]买一根雪茄(在这种情况下,人们是吸不起伦敦雪茄[3]的);另一个朋友借给我一法郎七十五生丁,让我去叫了一辆破马车;第三个朋友,较为有钱,借给我二十五法郎,去"美丽的女园丁"[4]为自己买一件外套。'

"'是的,我,"春天"的经理,居然去了"美丽的女园丁"!我从另一个朋友那借到十五生丁,买了些别的东西;因为我连雨伞也没有了,我又第五次借钱,买了一把五法郎二十五生丁的羊驼面儿的晴雨两用伞。另外,我的礼帽也烧

---

[1] 拉帕里斯:全名雅克·拉帕里斯(1470—1525),法国贵族和军官,曾为三任国王效忠,参加过多次对意大利的战争,表现骁勇,战死沙场。他死后人们作诗称颂他,其中有一句:"在他死前一刻钟,他还活得好好的。"后来有了调侃的意味,传为笑谈。
[2] 生丁:法国旧时辅币,五生丁等于一个苏,一百生丁等于一法郎。
[3] 伦敦雪茄:最初专为英国市场生产的优质哈瓦那雪茄。
[4] "美丽的女园丁":著名的连锁成衣店,开创于一八二四年,首家商店位于巴黎西岱岛,在巴黎和外省有多家分店,一九七二年结业。

毁了，可是我又不愿再借债，我就拣了一顶消防队员的消防帽……瞧，就是这一顶！请你们照我的办法做吧，如果你们有朋友，就请他们帮忙吧……至于我，你们也看见了，可怜的孩子们，我已经债台高筑！'①

"难道他的员工就不能回答他：

"'这能证明什么呢，老板？这只能证明三件事：一、您没有零花钱。我忘了带钱包的时候也会遇到同样的情况；但是这并不能证明您没有财产，没有公馆，没有证券，没有保险；二、这还证明您在朋友心里有信用；那再好不过了，您就利用它吧；三、最后，这还证明您很不幸。哦，这一点我们知道，我们衷心地同情您。但是，这并不能改善我们的处境。您别想用您的十三苏杂货店②糊弄我们。'"

这一次，办公室里的所有人都表示同意。博南芳先生带着开玩笑的表情补充道：

---

① 火灾第二天，"春天"的经理雅鲁索确实说过："我连一个苏也没有了，还是一个朋友借给我两个半法郎租了一辆马车。"这番话引起了公众的强烈不满。

② 十三苏杂货店：当年法国社会对廉家商店的一种俗称。

"我倒真想看看商店的那些女售货员穿着内衣逃跑的情景。"

拉德先生继续：

"另外，我对女员工们的宿舍也不抱信心，这些姑娘差一点在里面被烤焦了（就像去年公共马车公司的马在马圈里一样）。如果非要把什么人关起来，那就把男店员们锁起来；但是内衣部那些可怜的姑娘，就算了吧！一个经理，见鬼！不能为放在他屋顶下的所有财产负责。不错，男店员们的财物都在保险柜里烧掉了：但是至少小姐们的财物得以幸免！另外，我很欣赏向雇员们发警报的号角。噢！先生们，多么精彩的第五幕[①]！请想象一下，浓烟滚滚的大店堂，熊熊的火光，逃跑时的嘈杂，所有人的狂乱；而与此同时，一个现代的艾尔纳尼，一个新的罗兰，穿着旧鞋和衬裤，站在中

[①] 莫泊桑在这里提到的有关这次火灾的细节，有一些确有其事。当时报纸的报道中就指出，消防队员用斧头救火；女店员穿着内衣逃命；吹号角发出警报。法国十九世纪戏剧一般有五幕，第五幕是最后一幕，也是该剧的结局和高潮。作者用第五幕形容火场的乱象。艾尔纳尼是法国作家维克多·雨果的五幕悲剧《艾尔纳尼》的主人公，该剧第五幕，艾尔纳尼和堂娜索尔举行婚礼时，堂戈麦斯前来要求他履行诺言，堂娜索尔服毒自杀，艾尔纳尼随之自杀，堂戈麦斯悔恨，也刺胸自尽。

央圆形广场上，拼命地吹着哨子！"①

这时档案保管员佩德利先生突然发言：

"不管怎样，我们生活在一个可笑的世纪，一个混乱的时代，例如那个杜弗街案件②……"

不过办公室的杂役突然把门推开了一半：

"先生们，科长到了。"

于是，转眼之间，所有人都开溜，逃跑，消失得无影无踪，就像部里也失火了似的。

---

① 罗兰是吕利作曲的五幕音乐剧《罗兰》的主人公，这个在法国中世纪英雄史诗就出现的爱国战将，在该剧第五幕里被迫放弃了对昂瑞丽克的爱情，选择了战场，走向了死亡。
② 杜弗街案件：指一八八一年三月十九日塞纳轻罪法庭审判的一桩案件。一个比利时布鲁塞尔的十五岁少女波万，被家中女佣比绍带到巴黎，不久后成了咖啡吧侍者普蒂的情妇，并被普蒂逼迫卖淫，最后事发在杜弗街二十二号。结果普蒂和比绍被判刑。此案还牵出一些权贵阶层的丑闻。

残留者 *

＊ 本篇首次发表于一八八一年十二月九日出版的《高卢人报》；一九五七年首次收入阿尔班·米歇尔出版社出版由阿尔贝-玛丽·施密特编的《莫泊桑中短篇小说集》第二卷。

我爱十二月的大海,当外来人都已散去;不过,当然啰,我对它的爱也是浅尝辄止。我刚在一个人称夏季浴场的地方小住了三日。

不久前还挤满了巴黎人的嘈杂而欢乐的村庄,只剩下成群的渔夫,穿着水手的高筒靴,脖子上裹着羊毛围巾,一只手拎着一升烧酒,另一只手提着一盏船灯,步履沉重地走过。风在呼啸,北方来的云在阴暗的天空里疯狂地飞驰。一张张硕大的赭色渔网铺展在沙滩上,上面挂满了海浪抛上来的残渣遗骸。海滩看上去一片凄清,因为不再有女人们精致的皮靴的高跟留下的深深凹痕。灰色寒冷的大海,带着它的流苏样的泡沫,在这无边、苍凉的荒滩上涌上来,退下去。

当夜晚来临,全村的渔夫都在同一个时刻到来。搁浅的肥大的渔船,像一条条沉重的死鱼,他们围着船转悠了很久,把各自的渔网、面包、黄油罐、酒杯放到船上，然后把船扶正了推到水里。船立刻就摇晃起来，展开它褐色的翅膀，连同桅杆顶上闪烁的一点灯火，在黑夜中消失。三五成群的妇女滞留在岸上，直到最后一个捕鱼人出发，才返回已经入睡的村庄。她们的声音打破了黑暗的街道的沉寂。

我正要回住所，远远看见一个男子；他孤单一人，裹着一件深色大衣；他走得很快，眼睛巡视着广漠孤寂的海滩，目光搜寻着天际，好像在找另一个人。

他看见我，便走过来向我打招呼；我认出是他，吃了一惊。他大概想跟我说话，可就在这时候，另外几个人出现了。他们走过来，为了暖和一点身子，挤在一起。那是父亲、母亲和三个女儿，全都裹在外套、旧时的雨衣、大披巾里，只露出鼻子和眼睛。父亲用一条旅行毛毯把自己从身子到脑袋包得严严实实。

这时那个孤单的散步人快步向他们走去；他们用力握手，然后就在已经歇业的娱乐场的露台上走来走去。

别人都走了，他们却留下来，这是些什么人呢？

这是些夏季的残留者。每个海滩都有这样一些人。

第一个人是个大人物。说明白一点,就是海滨浴场的一个大人物。这种人为数众多。

我们这些夏季才到这人称海水浴疗养站的地方来的人,谁没有遇见过一个随便什么样的朋友?或者一个已经来了一段时间、对所有的面孔、所有的名字、所有的故事、所有的闲话都了如指掌的普通的熟人呢?

大家一起在海滩上溜达。突然,遇到一个先生。这个先生走过以后,其他一些洗海水浴的人都回头注视他的背影。他一副趾高气扬的神态;艺术地戴着海员贝雷帽的长发,在他上装衣领上留下些微油渍;他走得很快,左右摇晃着身体;他目光迷茫,仿佛专注于一桩重大的精神劳作;他像在自己家里一样旁若无人,泰然自得。总之,他装腔作势。

您的伙伴用力握一下您的胳膊,说:

"这是里瓦尔。"

您天真地问:

"里瓦尔,是什么人?"

您的朋友突然站下来,愤怒地凝视着您:

"这个嘛,亲爱的朋友,您是从哪儿钻出来的?您居然连小提琴家里瓦尔也不知道！这太过分了！而且这是一个一流的艺术家，一位大师。不知道他，这是不能容许的。"

您哑口无言了，似乎有点自愧无知。

五分钟以后，又遇到一个小个子先生，像猴子一样丑；他肥胖、肮脏、戴着眼镜，一副傻相。此人就是普罗斯佩尔·格罗斯，名噪全欧洲的哲学家。他是巴伐利亚①人，抑或是入了德国籍的瑞士人；由于这个出身，他能说一口马贩子的法语，正好用来写那本题为《杂集》的低劣得难以想象的书。您假装对此人的生平并非一无所知，其实您并没有听说过他的名字。

你们又遇到两个画家，一个作家，这位作家是一份不知名报纸的编辑。此外还有一个主任，朋友介绍道："这位就是布坦先生，公共工程部的首长，他负责一个重要的行政部门；他负责管锁，国有的房屋要添置一把锁，不经过他的手是不行的。"

这就是那些大人物。他们之所以闻名，仅仅在于他们总

---

① 巴伐利亚：德国南部拜恩地区的别称，现为德国的一个州，首府是慕尼黑。

是定期地旧地重游。十二年来,他们照例在同样的日期出现。由于每年都有几个去年的浴客回来,夏复一夏,他们在这个地方享有的名声流传下来,久而久之,变成了真正的盛名,在他们选择的这个海滩上压倒了所有匆匆过客的名声。

只有一种人令他们闻之颤抖:法兰西学院院士。不朽者①越是默默无名,他的到来越是令人生畏。它就像一颗炮弹一样在水疗城爆炸。

人们总在期待一个名人的到来。不过,宣布一个无人知晓的院士到来,会产生出人意料的考古大发现的效果。人们都在打听:"他做过什么? 他是什么人?"所有人都在谈论,就像谈论一个要猜测的字谜,越是高深莫测,引起的兴趣越是强烈。

这一位是个敌人,于是斗争立刻就会在官方大人物和地方大人物之间展开。

浴客们都走了,唯独这个大人物还留下;只要还有一家人,哪怕只有一家人留在这儿,他就会留下。至少对这一家

---

① 不朽者:法兰西学院院士为终身称号,故又称"不朽者"。

人来说，他还可以做几天大人物。这对他来说也就足矣。

的确也总有一个家庭同样留下来，那就是附近城市里一个有三个待嫁女儿的穷苦人家。这家人每个夏季都来；在这个地方，这几个博塔内小姐像大人物一样出名。十年来，她们每年夏天都来赶这个钓丈夫的旺季（可惜，一无所获），就像渔夫们到了季节捕鲱鱼一样。但是她们渐渐老了；当地人都知道她们的年龄，为她们依然是老姑娘感到惋惜："不管怎么说，她们还是挺可爱的！"

高雅社会的人都逃走了，每到秋季，这一家人和这个大人物就凑到了一起。他们在这里待了一个月，两个月，每天见面，下不了决心离开这海滩，因为这里活着他们的梦想。一家人在家里谈起他来，就像谈维克多·雨果一样；旅馆人去楼空，很凄凉，他常常和他们在一张公用的桌子上吃饭。

他不漂亮，不年轻，也不富有。但是在当地，他是里瓦尔，小提琴家。有人问他为什么不回巴黎，既然那里有很多成功的机会等着他。他总是一成不变地回答："啊，我呀，我酷爱孤寂的大自然。这地方只有在变得空荡荡的时候才让我喜欢！"

一个和我认识的水手走过来和我闲聊。先跟我说捕的鱼不多,沿岸海域的鲱鱼少了,到纽芬兰①岛捕鱼的船回来了,以及捕回来的鳕鱼有多少,然后用眼睛瞅着那群散步的人,接着说:"您知道吗? 里瓦尔先生就要和最小的那个博塔内小姐结婚了。"

果然,在那家的大队人马后面几步远,他正和她单独肩并肩地走着。

想到生活中的这些残留者,这些被遗弃的人,这最后的希望飞走以后的过了季的婚姻;想到这个徒有虚名的大人物,像陈货一样被可怜的女孩接受,而这个女孩如果没有他,就会像一个女人从鲜鱼变成了腌鱼,我不禁一阵心酸。

而夏季过后,在诸多被遗弃的海水浴城市里,每年都有一些这样的结合。

> 去吧,去吧,啊,年轻的姑娘们,
> 浪涛过后,去寻找你们的郎君……

---

① 纽芬兰:加拿大东部的一个省。

诗人曾这样说。①

他们消失在黑暗中。

月亮冉冉升起，起初通红通红的，随着在天空越升越高，逐渐变得苍白，在波浪的泡沫上投下淡淡的微光，忽明忽灭。

单调的涛声把人的思想都麻木了。天空、大地、海洋的无尽寂寞让我感到无比忧伤。

突然，年轻人的说话声把我唤醒，两个身材奇高的姑娘出现在我眼前。她们一动不动，望着大西洋。披肩的长发随风飞舞；她们紧裹着灰色胶布雨衣，就像长了鬃毛的电线杆一样。

我认出这是英国女人。

因为在所有的残留者中，这些女人是最漂泊无定的。她们搁浅在世界的各个角落，她们游荡在每一个有人群经过的城市。

她们笑啊，笑得低沉；她们说啊，声音像庄重的男人一样响亮。我常常寻思；在荒漠的海滩上，在深深的树林里，

---

① 有分析认为这两行是对雨果诗集《东方集》中的第三十二首诗《矢车菊》戏谑性的模仿，该诗每一节最后两行总是："去吧，去吧，啊，年轻的姑娘，到麦田里去采矢车菊。"

在喧闹的城市里，在布满杰作的宽敞的博物馆里，到处可以遇见的这些高大的姑娘，没完没了地凝望绘画、古建筑物、漫长凄凉的小径和月光下翻滚的波浪，而又永远不理解这一切，究竟能有什么特别的乐趣？

一次突然袭击[*]

* 本篇首次发表于一八八三年五月十五日的《吉尔·布拉斯报》,作者署名"莫弗里涅斯";一九五七年首次收入阿尔班·米歇尔出版社出版由阿尔贝-玛丽·施密特编的《莫泊桑中短篇小说集》第二卷。

我的弟弟和我是由叔叔卢瓦塞尔神父带大的,我们那里的人都叫他"卢瓦塞尔本堂神父"。我们的父母在我们很小的时候就去世了,神父就把我们接到他的教区住宅,照管我们。

十八年来他一直主管着离依弗托①不远的儒安-勒叟村的堂区。这是一个很小的村庄,位于科区高原的中部,田野里散落着的一些庄园,耸立起一个个围着农庄的树木的方阵。

除了平原上零星的几座房屋,这个村庄只有排列在大路两边的六座房屋,以及一头的教堂和另一头新建的村政府。

我弟弟和我,我们在墓园里的嬉戏中度过童年。这墓园

---

① 依弗托:法国市镇,今属诺曼底大区滨海塞纳省。

避风，叔叔和我们，我们三个人经常坐在唯一的一座石墓上，叔叔就这样给我们上课。那座石墓是前任本堂神父的，他家很有钱，他的下葬办得很隆重。

为了训练我们的记忆力，卢瓦塞尔本堂神父让我们记忆用油漆写在黑色木十字架上的死者的姓名；为了同时训练我们的分辨力，他有时让我们从坟地的这一头，有时从另一头，有时从中间开始这奇怪的背诵，突然指着某个坟说："嘿，第三行，十字架向左歪的那一座。"听说要举行一个下葬仪式，我们立刻就忙着了解在木十字架上将要漆上什么字，我们甚至经常赶在十字架安在坟上以前，去木匠那儿读读上面的墓志铭。所以叔叔一问："你们知道新死的人的姓名吗？"我们两个就齐声回答："知道，叔叔。"而且立刻就叽咕道，"这里长眠着约瑟芬－罗萨莉－瑞尔特吕德－玛娄丹，泰奥多尔－马格卢瓦尔·塞赛尔的寡妻，终年六十二岁，阖家同此悼念，她是好女儿、好妻子、好母亲，愿她的灵魂在天国安息。"

我的叔叔是个瘦骨嶙峋个子高高的本堂神父，他的思想像他的身体一样有棱有角。他的心灵甚至也像教理问答的答案一样严格和准确。他经常用雷鸣般的声音跟我们谈论天主。他说"天主"这个词的时候声音那么响亮,就像用手枪开了一枪。另外,他的天主不是"仁慈天主",而是简短明了的"天主"。他想着天主时,一定像偷庄稼贼想着宪兵,犯人想着预审法官。

他培养我弟弟和我的方法是那么严厉,他教我们学会的更多是颤抖而不是爱。

当我们一个年满十四岁、另一个年满十五岁的时候,他就以优惠的价钱把我们送进了依弗托的教会学校。那是一座阴森森的庞大的建筑,住在里面的神父和学生几乎都是注定一辈子要做圣职的。至今我想到那里还反感得起鸡皮疙瘩。正像在海鲜上货的日子里集市上可以闻到鱼腥味,那里只能闻到祈祷的气味。噢!死气沉沉的学校,有的只是没完没了的宗教仪式,每天清晨的寒冷的弥撒,默祷,背诵《福音书》,三餐前的读经!噢!在那些封闭的高墙里度过凄惨的往昔岁月,除了谈"天主",我叔叔用轰鸣般的声音说的那个"天主",听不到人们谈起任何别的。

在那里,我们生活在狭隘、冥想和被迫的虔诚里,也生活得货真价实的肮脏,我记得只让孩子们每个假期的前一天洗一次脚,一年只洗三次。至于洗澡,那根本就不知其为何物，就像不知道维克多·雨果的大名一样。我们的老师想必对洗澡十分鄙视。

我和我弟弟同一年中学毕业会考，从那里出来，身上揣着几个苏，凭着鲁昂主教阁下的保荐，一天早上两个人在巴黎一觉醒来，成为政府部门年薪一千八百法郎的职员。

我弟弟和我最初一段时间还挺老实，一起住在一套租来的小寓所里，像过夜的鸟儿一样，早上被人从窝里掏出来，抛到光天化日之下，昏头昏脑，惊骇万状。

但是逐渐地，巴黎的空气，哥儿们伙伴，剧院，让我们慢慢地转了向。一些和天国之乐不可同日而语的新的欲望开始深入我们的心灵，于是，我老实招了吧，一天晚上，在同一天晚上，在久久地犹豫、深深地焦虑、像初上战场的士兵一样担惊受怕之后，我们被……怎么说呢……被两个邻居小姑娘引诱了，她们俩是好朋友，在同一家商店当售货员，并且住在同一个套房里。

这还不算，没过多久，两对恋人之间就做了一次交换和分配，我弟弟搬进了两个女孩原来的房子，和她们中的一个住在那儿。而我拥有了另一个女孩，她到我这儿住下。我的这个女孩叫路易丝，大概有二十二岁，是个鲜艳、欢快、浑身圆乎乎、有的地方甚至很圆很圆的好姑娘。她在我这儿安了家，俨然像个小主妇，不但掌握了我这个男人，而且把这个男人的一切都包了下来。她安排生活，打理房间，下厨做饭，精打细算地调度开支，此外还向我提供很多对我来说是新的乐趣。

我弟弟那边呢，他也十分满意。我们四个人，一天在这家，一天在那家，轮流吃晚饭，精神上没有一点隔阂，心里没有一点疑虑。

我时不时接到叔叔一封来信，他以为我还跟弟弟住在一起，带给我不少信息，家乡发生了什么事啰，他的保姆的近况啰，新近死了什么人啰，庄稼和收成的好坏啰，还夹杂一些关于生活险恶和人世卑劣的告诫。

这些信总在早上八点钟由邮递员送到。看门人把信塞在门下面，然后用笤帚敲一下墙通知我。路易丝就起来，捡起蓝纸的信封，坐到床边给我读——就像她常说的——"卢瓦塞尔神父书简"。

在六个月的时间里，我们都过得乐乐陶陶。

然而，一天夜里，凌晨一点钟的光景，一阵猛烈的铃声让我们同时打了个寒战，因为我们还没有睡着，这时候根本不会睡着。路易丝纳闷："这会是谁呢？"我回答："我不知道。大概是弄错了楼层。"我们不再动弹，虽然……总之，我们互相紧紧地搂着，支着耳朵，很紧张。

忽然第二下铃声响起，接着是第三下，然后是第四下，把我们的小房子灌满了铃声。我们同时都爬了起来，坐在床上。不会错；是冲我们来的。我怕是发生了什么不幸的事，急忙套上一条长裤，穿上拖鞋，跑向前厅的门。但是在开门以前，我问："谁呀？找我有什么事？"

一个声音，一个浑厚的声音，我叔叔的声音，回答："是我，让，快开门，小东西，我可不想在楼梯上睡觉。"

我感到自己都快变疯了。怎么办？我跑到房间里，气喘吁吁地对路易丝说："是我叔叔，快藏起来。"然后，我又跑去打开外面的门。手拿绒布行李包的卢瓦塞尔本堂神父差点儿把我撞倒。

他大呼："你在做什么，小淘气，不来给我开门？"

我结结巴巴地回答："我在睡觉，叔叔。"

他又说："你在睡觉，就算是吧，可是后来呢，你在门后头跟我说话的时候。"

我吞吞吐吐地说:"我把钥匙忘在短裤的口袋里了,叔叔。"然后,为了避免多加解释,我就扑到他的脖子上,使劲地拥吻他。

他很感动,解释说:"我来这儿待四天,小捣蛋。我想看一眼巴黎这个地狱,好让我对另一个地狱有个概念。"他发出一声暴风雨般的大笑,然后又说,"你安排我住哪儿我就住哪儿。从你的床上抽一个床垫就可以。可是你弟弟在哪儿? 他在睡觉? 去把他叫醒。"

我不知如何回答才好;最后迟迟疑疑说:"雅克没回来:他今天夜里留在办公室,有件大活儿要加班。"

叔叔并不怀疑,搓着手,问:"这么说,工作还行?"

他说着向我的卧室门走去。我急忙跳过去,几乎抓住他的衣领,说:"不对……不对……走这边,叔叔,"我突然心生一计,接着说,"您一定饿了吧,走了这么远的路,吃点东西吧。"

他微微一笑。

"这个嘛,我还真饿了。那就随便吃点什么吧。"我把他推进饭厅。

正好那一天轮到在我家吃晚饭，橱柜里还挺充实。我先取了一块焖牛肉，本堂神父津津有味地吃了。我鼓励他吃，倒酒给他喝，唤醒他对诺曼底美食的回忆，促进他的食欲。

他吃完了，推开面前的盘子，表示："行了，吃饱了。"可是我还留有后手；我知道这个好老头的弱点，我又拿来一份禽肉酱，一盘土豆沙拉，一罐奶油和我们没喝完的上好的葡萄酒。

他差一点乐翻了，大呼："好小子！存了这么多好吃的！"

他又拿起盘子，走到饭桌前。夜越来越深，他一直吃着；我在找一个脱离困境的办法，可又找不到一个切实可行的。

我叔叔终于站了起来。我感到几乎要晕过去了。我想要再拖他一会儿："喂，叔叔，再来一杯烧酒；这是陈年的好酒。"但是他宣布："这一次，不；我酒足饭饱了。咱们看看你的住处去。"

我知道是不能违拗叔叔的；我脊梁直打寒战！会发生什么事情呢？争执？吵闹？也许还是暴力？

我跟在他后面，恨不得打开窗户，跳到大街上去。我傻头傻脑地跟着他，说不出一句话拖住他；我跟着他，感到自己要完了,几乎愁得晕倒,不过仍然希望出现什么侥幸的事。

他走进我的卧室。一线最后的希望让我怦怦地心跳:勇敢的姑娘关上了床帐;没有一点女人的东西落在外面,连衣裙、颈圈、袖套、丝袜、高帮皮鞋、手套、首饰别针、戒指,全不见踪影。

我结结巴巴地说:"现在就别睡了,叔叔,已经天亮了。"

卢瓦塞尔本堂神父回答:"你行,不过我最好能睡上一两个钟头。"

说着,他端着蜡烛走到床边。我等着,气喘着,不知所措。他一下子拉开床帐!……天很热(那是六月);我们把所有的毯子都收了起来,惊慌的路易丝只拉了一条被单蒙住头。想必是为了藏得更严实,她把身子蜷了起来,可以看见……看见……她紧贴在被单上的身形。

我感到自己紧张得要栽倒了。

叔叔回头看着我,笑得嘴咧到耳根;我却几乎要吓得融化了。

他大喊:"哈哈!我的爱做恶作剧的家伙,让你叫醒你弟弟,你不愿意。那么,你就看我怎么叫醒他。"

我看着他的手,他的农民的大手,举起来;就在他笑得喘不过气来的时候，他的手落在……呈现在他面前的身形上，发出吓人的响声。

床里发出可怕的叫声；接着，被单下面掀起一阵狂烈的风暴。那身形翻转，扭动，蠕动，骚动，跳动。它完全裹在被单里，怎么也挣扎不出来。

终于，一条腿在一头露出来，一只胳膊在另一头，然后是脑袋，然后是整个赤裸起伏的胸脯；愤怒的路易丝坐起来，用灯笼一样明亮的眼睛看着我们。

叔叔像见到魔鬼一样张着嘴，说不出话来，像牛一样喘着气，吓得直往后退。

我感到事态太严重，无法对付，我发疯似的逃跑了。

我两天以后才回来。路易丝已经走了，把钥匙留给了看门人。我再也没有见到她。

我的叔叔呢？他取消了我的继承权，受益者是我弟弟。弟弟从我的情妇那儿得到通知，发誓说我的放纵行为让他看不下去，所以跟我分开了。

我再也不会结婚，女人太危险。